小小说类文馆

主编

马国兴

吕双喜

风尚

为了不被梦想纠缠

郑州大学出版社

郑州

图书在版编目(CIP)数据

风尚:为了不被梦想纠缠/马国兴,吕双喜主编. —郑州:
郑州大学出版社,2017.1
(小小说美文馆)
ISBN 978-7-5645-3673-2

Ⅰ.①流… Ⅱ.①马…②吕… Ⅲ.①小小说-小说
集-中国-当代 Ⅳ.①I247.8

中国版本图书馆 CIP 数据核字(2016)第 309829 号

郑州大学出版社出版发行
郑州市大学路 40 号   邮政编码:450052
出版人:张功员   发行部电话:0371-66658405
全国新华书店经销
河南文华印务有限公司印制
开本:710 mm×1 000 mm   1/16
印张:10
字数:146 千字
版次:2017 年 1 月第 1 版   印次:2017 年 1 月第 1 次印刷

书号:ISBN 978-7-5645-3673-2   定价:25.00 元

编委名单

主　编　马国兴　吕双喜

副主编　王彦艳　郗　毅

编　委　连俊超　牛桂玲　胡红影　陈　思
　　　　　　李锦霞　段　明　孙文然　阿　莲
　　　　　　阿　康　荣　荣　蔡　联　徐小红
　　　　　　郭　恒

序

杨晓敏

书来到我们手上，就好像我们去了远方。

阅读的神妙之处，在于我们能够经由文字，在现实生活之外，构筑属于自己的精神生活。透过每篇文章，读者看到的不仅是故事与人物，也能读出作者的阅历，触摸一个人的心灵世界。就像恋爱，选择一本书也需要缘分，心性相投至关重要，阅读的过程中，你会发现他与自己的不同，而你非常喜欢，也会发现他与自己的相同，以至十分感动。阅读让我们超越了世俗意义上的羁绊，人生也渐渐丰厚起来。

在这个信息碎片化的网络时代，面对浩若烟海的读物，读者难免无所适从，而阅读选本无疑是一个不错的选择。从《诗经》到《唐诗三百首》再到《唐诗别裁》，从《昭明文选》到"三言二拍"再到《古文观止》，历代学者一直注重编辑诗文选本，千淘万漉，吹沙见金。鲁迅先生说过："凡选本，往往能比所选各家的全集更流行，更有作用。册数不多，而包罗诸作。"为承续前人的优秀传统，我们编选了"小小说美文馆"丛书。

当代中国，在生活节奏加快与高科技发展的影响下，传统的阅读与写作方式发生了深刻的变化，小小说应运而生，成为当下生活中的时尚性文体。作为一种深受社会各界读者青睐的文学读写形式，小小说对于提高全民族的大众的文化水平、审美鉴赏能力，提升整体国民素质，在潜移默化中起到了不可估量的作用。小小说注重思想内涵的深刻和艺术品质的锻造，小中见大、纸短情长，在写作和阅读上从者甚众，无不加速文学（文化）的中产阶级的形成，不断被更大层面的受众吸纳和消化，春雨润物般地为社会进步提供着最活跃的大众智力资本的支持。由此可见，小小说的文化意义大于它的文学意义，教育意义大于它的文化意义，社会意义又大于它的教育意义。

因为小小说文体的简约通脱、雅俗共赏的特征，就决定了它是属于大众文化的范畴。我曾提出，小小说是平民艺术，那是指小小说是大多数人都能阅读(单纯通脱)、大多数人都能参与创作(贴近生活)、大多数人都能从中直接受益(微言大义)的艺术形式。小小说作为一种文体创新,自有其相对规范的字数限定(一千五百字左右)、审美态势(质量精度)和结构特征(小说要素)等艺术规律上的界定。我提出的小小说是平民艺术,除了上述的三种功效和三个基本标准外,着重强调两层意思:一是指小小说应该是一种有较高品位的大众文化,能不断提升读者的审美情趣和认知能力;二是指它在文学造诣上有不可或缺的质量要求。

小小说贴近生活,具有易写易发的优势。因此,大量作品散见于全国数千种报刊中,作者也多来自民间,社会底层的生活使他们的创作左右逢源。一种文体的兴盛繁荣,需要有一批批脍炙人口的经典性作品奠基支撑,需要有一茬茬代表性的作家脱颖而出。所以,仅靠文学期刊,是无法垒砌高标准的巍巍文学大厦的。我们编选"小小说美文馆"丛书,是对人才资源和作品资源进行深加工,是新兴的小小说文体的集大成,意在进一步促进小小说文体自觉走向成熟,集中奉献出思想内容与艺术形式兼优的精品佳构,继而走进书店、走进主流读者的书柜并历久弥新,积淀成独特的文化景观,为小小说的阅读、研究和珍藏,起到推动促进的作用。

编选"小小说美文馆"丛书,我们选择作品的标准是思想内涵、艺术品位和智慧含量的综合体现。所谓思想内涵,是指作者赋予作品的"立意",它反映着作者提出(观察)问题的角度、深度和批判意识,深刻或者平庸,一眼可判高下。艺术品位,是指作品在塑造人物性格,设置故事情节,营造特定环境中,通过语言、文采、技巧的有效使用,所折射出来的创意、情怀和境界。而智慧含量,则属于精密判断后的"临门一脚",是简洁明晰的"临床一刀",解决问题的方法、手段和质量,见此一斑。

好书像一座灯塔,可以使我们在瞬息万变的社会不迷失自己的方向,并能在人生旅途中执着地守护心中的明灯。读书是一种积极的生活情趣,一个对未来的承诺。读书,可以使我们在人事已非的时候,自己的怀中还有一份让人感动的故事情节,静静地荡涤人世的风尘。当岁月像东去的逝水,不再有可供挥霍的青春,我们还有在书海中渐次沉淀和饱经洗练的智慧,当我们拈花微笑,于喧嚣红尘中自在地坐看云起的时候,不经意地挥一挥手,袖间,会有隐隐浮动的书香。

(杨晓敏,河南省作协副主席,郑州小小说文化传媒有限公司董事长、总编辑,《小小说选刊》《百花园》主编。)

目录

被遗忘的时光

夏 阳

那一段被遗忘的时光,渐渐地回升出我心坎。

——蔡琴《被遗忘的时光》

　　不知从什么时候开始,我竟然迷上了表,这对于我这样一个月光族来说,简直就是暗恋上了皇后——全世界我最不该爱的那个人。迷迷糊糊地,有四五年吧,我经常在各大名表论坛里"潜水",夜以继日,孜孜不倦。到什么程度呢? 一般的手表,只要瞄一眼,其价位、产品系列、机芯特点甚至品牌故事、历史渊源、竞争对手,我都可以如数家珍。

一天，一群老乡聚会，其中有某女衣着华丽，活泼雀跃。说实话，不是我喜欢的那种类型。她给我倒茶时，我对其手腕上的手表瞄了一眼，立马深沉地笑了。天王表，京东网上折后价两千三百元，深圳牌子，标志像劳力士，款式像欧米茄，看似花哨，实则肚里没几斤几两。

告别时，我拐着弯子问她："我好像在哪里见过你，你很像我大学里的一个同学。"

她开始有些尴尬，转而灿烂地笑道："下辈子吧，我才高中毕业哩。"

"哦——"我意味深长地点点头，没再吭声。

其实，我很想说：如果她是大学本科毕业，应该会戴浪琴律雅；如果是海归，那戴的绝对是欧米茄星座；至于戴金光灿灿的劳力士日志型，则证明她是富婆，却已失宠。我承认，这观点有些偏激，但腕表的品牌文化，往往就在不经意间彰显出来。

当今世界表业，百达翡丽（PP）是当之无愧的老大，稀世珍品，动辄上百万元，即使入门级，也在人民币三五十万元，类似于汽车界的劳斯莱斯，独孤求败，号称蓝血贵族。我从不敢去琢磨PP，生怕自己中毒太深，万劫不复，有去无回。我的目光，一直自觉地远离PP，远离爱彼、朗格、宝珀和江诗丹顿，远离一切皇家贵族诸侯将相，而热衷于在积家、万国、宝玑和沛纳海等纨绔子弟之间纸醉金迷，寻欢作乐。还好，我作为表业的资深粉丝，早过了青嫩期，当然不屑于戴着一枚劳力士、名士、欧米茄或者浪琴，站在马路中央举着腕子看时间。尽管，我高中尚未毕业，连一块天王表都没有，但这丝毫不影响我的快乐，让我觉得生活大有奔头。

最近，我在研究格拉苏蒂（GO），时间久了，便日久生情，疯狂地爱上了，爱得难以自拔。仿佛是冥冥之中，等待多年，终于等到了自己的另一半——它有着传统精致的德国工艺、无与伦比的机芯技术、沉静优雅的风格、低调俊朗的外表，身处世界十大豪门之列，却鲜为国人认知。GO，就像孤独的我，站在世界的另一端，默默地顾影自怜。这就是我想要的，我人生的第一块表就应该与众不同。幸好,我向来喜欢简约的风格、洗练的表盘和不太复杂的功能,爱上的是素面朝天的参议员系列,国内公价五万多元,这是 GO 最便宜的一款,但对于我来说,依然难以承受。没关系,我还年轻,还有大把时间去努力挣钱。

有一天,一个朋友从美国回来,打电话聊了几句,我心里突然一动,问起美国那边的行情。对方对这个毫不知情,说他女儿年底会从那边回来,可以先把型号报过去,对比一下,应该会便宜很多。最后一句话,让我不安分的心立马骚动起来。这段时间,网上一直在传言,说 GO 明年春天会全球涨价,少说也要涨个万把块钱吧,这让我愈加坚定了尽快解毒的决心。

在把型号报给美国那边以前,我想找块表自己先现场试戴一下,看看是否和臆想中的感觉一致。网上的图片有时和实物相差很大,完全靠眼缘。经常是这样,现实里的几秒钟,可以将先前的众多幻想和期待秒杀。这和见网友差不多。我在网上查阅了一番,整个华南地区,只有一家专卖店,在深圳国贸附近。幸亏不是太远,去吧。

坐长途汽车来回近三百公里,风尘仆仆,却没有令我失望。传说中的 GO,躺在专柜里的白羊毛垫上,静静的,像一块完美无瑕的翡翠,儒雅、低调、灵动,让我无比亢奋。包括那个卖表的小姐,一切都是那么养眼、那么美好。

两个月以后,也就是年底,手表如约从美国带了回来,折合人民币是三万七千元,这让我不仅倾囊而尽,还在外面借了一万元钱。

妻子却不干了,她勃然大怒,指着我的鼻子骂骂咧咧:"一块破表,让我们变成穷光蛋,还负债累累,这年怎么过? 年过完就开学,孩子的学费呢?"骂完,摔门而出,撇下我,拉着孩子回娘家去了。

对呀,孩子下个学期的学费呢? 妻子走后,我才意识到事情的严重性,原本以为买了就是赚了,没想到贫贱夫妻百事哀,好事整成了坏事。妻子前脚进了娘家,我后脚就跟进去了。

听完妻子的哭诉,岳母像不认识我一样,看了我半天,最后目光停留在

岳父身上,叹了口气:"唉,怪不得你们俩好得像父子一样,原来都一个德行。"

岳父正在一旁就着花生米喝酒,脸上讪讪的,目光躲躲闪闪。不一会儿,他又恢复了一个男人的尊严,将酒杯在饭桌上一放,满不在乎地说:"不就是1978年,我,我也买过一块上海表吗?你啰啰唆唆多少年了,还有完没完?"

转而,他又招呼我道:"来来,咱爷儿俩喝一盅,别跟女人一般见识,不就买块表吗?多大个事呀,天又塌不下来。"

那一晚,妻子还是没有回去,我也跟着住在岳父家。深夜,我起来小便,看见客厅里的灯还亮着——岳父独自坐在灯下,正用毛巾细心地擦拭着一块圆溜溜的老式手表。他一边擦拭,一边轻轻摩挲着,还不时地举到耳旁,细眯着眼睛去聆听那嘀嗒声。那时,他一脸痴情,就像重温初恋情人泛黄的情书,老花镜后面,一片泪光闪闪。

传　奇

夏　阳

只是因为在人群中多看了你一眼。

——王菲《传奇》

我一直梦想拥有一串玉石手排,价值不菲,格调高雅,但款式平淡。类似一个经历过风雨的男人,粗粝的外表下,需要静心去品读他与生俱来的质感。男人佩戴玉石,彰显一种优雅。这种优雅,远非金灿灿的劳力士手表可以媲美。

每到一地,每经过一家珠宝店,我都会有意识地进去看看。数年不改,孜孜不倦。

那天在浙江义乌国际商贸城二区,忙完了正事,我便去二楼的珠宝玉石城逛。一上楼梯,就发现一家"仇和麟玉石"档口。

顾客如云。寻觅了半天,我相中了一串玉石手排,忙去询价。不讲价,八百八十元。

在掏钱的瞬间,我突然意识到这种人群中的抢购,缺少机缘,非我所爱。

转悠了两个小时下来,我悲哀地发现,偌大的商贸城有上千家玉石珠宝档口,而真正出售玉石手排的,却芳踪难觅。参照商贸城宣传画册的指示,

我还去了四楼的新疆和田玉馆。而所谓的和田玉馆,其规模还不如街边一家小店。

我愤愤然,再一次回到二楼。

好不容易找到了最初的"仇和麟玉石",就在离它不到二十米时,我突然停住脚步。

我静静地站了一会儿,然后缓缓回头。身后,熙熙攘攘,人来人往,还有一个走廊的拐角处。我愣了一下,大步流星地朝那个拐角处走去。

拐角处,是另外一条商铺走廊。不长的走廊尽头,有一家珠宝店:古色古香的装潢,古香古色的筝曲,一个古色古香的女人,正坐在玻璃柜前,精致地喝茶。

玻璃柜最显眼处,赫然摆着一串手排,缅甸玉,温嫩碧婉,透明凝脂,娴静处,透着一种优雅的光泽,一如那低眉品茗的女人。

我口干舌燥地询价。

女人浅笑,答道:"三千六。"

女人的笑,化解了我的窘迫。我似乎换了一个人,闲闲地,陪女人聊天,喝茶。

一个上午,我死皮赖脸地坐在那里,蹭女人的"彩云红"喝,从原始社会聊到康熙王朝,从奥巴马的上任聊到中国女足的凋零,从钱塘江的涨潮聊到科罗拉多州的月光。那是一个愉悦的上午。

临近中午，我壮了壮胆，说："如果你赏脸的话，我想请你吃饭。"

女人笑了，毫无矜持。

饭菜很简单。我们如一对恋人，坐在一楼的快餐厅里。

饭后，我送女人到她档口，打算告别离去。女人笑了笑，指着那串手排说："你拿去吧，我知道你喜欢，算是我们之间的机缘。"

"多少钱？"

女人怔怔地看着我，一会儿，叹了口气说："四百。"

我戴着那串手排走出商贸城大门，心花怒放，暗想：以后不再买了，有这串，一生足够。

如果事情至此打住，不加任何虚构，算是一篇俗套的小说。

即使按照通俗的文艺小资套路，翻拍成电影，接下来无非是这样的：在以后的多个深夜，男主人公面对身边鼾声沉沉的黄脸婆，辗转反侧，在黑暗中轻抚手腕上那串手排，怀想那个愉悦的上午时光，以及时光里的点滴细节，至老至死……

可是，我画蛇添足了——

第二天，我坐在酒店里把玩那串手排，爱不释手。心想，如果再买一串女式的，送给爱妻，不是挺好吗？情侣手排呢！

于是，我又去了商贸城二区。

在二楼，我寻找了整整一天，汗流浃背，就是找不到那个档口、那个女人。我向不少档主打听，描述那个古香古色的档口、那首古香古色的筝曲和那个古香古色的女人，他们一脸茫然地看着我，爱莫能助地摇头。

一夜之间，她仿佛在这个世界上消失了。或者说，昨天的一切，只是一个梦境。

我站在人头攒动的客流中，轻轻抚摸着右手腕上的那串手排，顿悟自己这等心思，对于她是一种亵渎。

几天后，我回到家里，对妻子老老实实交代这串手排背后的艳遇。

她笑得花枝乱颤,说:"人家骗你四百块钱呢,书呆子,自作多情,入戏太深。"

我委屈道:"你知道那里的档口多少钱一间吗?"

"多少?"

"按照目前的市场行情,一间档口价值六百万到九百万,月租是八万到十二万。人家折腾一上午,就为了你老公口袋里的四百块钱?"

妻子哑口无言。

鸽子洞

陈 毓

对,是洞,不是窝。

是那对扑扑展翅的鸟提醒我,洞里有个甜蜜的鸟窝。

隔着玻璃窗,站在空调外机上的那对鸟中的一只打量着我,歪着脑袋,圆圆的眼睛看向我,一瞬间的惊讶、迟疑、质问,像是在问:"你是谁?你怎会出现在这里?"其后那只鸟向同伴发出一声低低的"咕"——它们一起鼓翼,飞走了。飞到对面楼顶,停在那里,回头注视对面我的窗台。"咕咕——咕咕——"鸟儿的叫声让我不安,我听不懂鸟语里的情绪,也没办法把我的心意翻译给鸟儿。

这时候我早已藏到了窗帘的后面,大概是鸟儿在足够的时间里,感觉到足够的安静以及安全感,它们就又返回到空调外机上。

"咕咕。"一只呼。

"咕。"另一只应。

是鸽子。灰鸽子,两只十分相像,都是深灰的尾巴和脑袋,脖颈上的那圈孔雀蓝让它们看上去文质彬彬。

发现那对鸟夫妻飞来窗边的下午,我给阿直发短信:"你不知道我窗子的朝向,但是这对鸟夫妻知道,它们在我离开这里的日子,在窗边结窝生子了。我不能开空调了,我担心空调外机的嗡嗡声会惊吓了鸟儿。"

阿直回:"我愿和你比肩在窗边看鸟。"

夕阳西下,暮鸟还巢。

鸟带来的惊讶和欢喜不言而喻,但在鸟夫妻眼里呢?我的归来对它们是打扰吗?它们在这里住多久了?是我离开的这两年还是今年才来?今春它们就是在这里孕育它们的小宝贝的吧?现在,小鸟儿已经离巢,它们也将归去吗?我对鸟的生活一无所知。

我那些有限的关于鸟类的知识提醒我,不能把好奇的手指或者脑袋伸向那个洞中打探。我甚至忍住激动的手指,不把洞窟靠近我卧室的那道封口打开,其实那封口,就是一团堵在那里的麻纸。房子装修前,那个洞是留给未来安装空调用的。后来发觉,对面卧室空调的制冷能力足以供给我这个房子清凉,这个卧室就一直没有安装空调。夏天热点儿,冬天冷点儿,这是自然规律,我尊重规律。

好吧,说这个洞。洞被一团麻纸堵住了。某天,我用白粉刷在洞口,从里面看,那个洞口很自然地消失了。但外面,阳台之上,那个圆圆的孔洞,藏在客厅空调外机的后面,安全、隐蔽,连我都忘了它的存在。

后来我搬走,彻底忘了,再搬回来是两年后。那天下午,我收拾完房子,累倒在地板上睡着了,却在一片鸟鸣声中醒来。我躺在地板上,用一种非同寻常的角度望着眼前这对扑扑展翅的鸟儿，感叹生活真的可以快乐、惊喜、欢悦，比如可以美好地定格于这一两声美妙的鸟鸣。

阿直说："你真吉祥，鸟儿都愿意在你窗边飞翔和鸣。"

我告诉阿直："我现在尽量不去阳台口站，我愿意这对鸟忽视我的存在，安心过属于鸟的日子——捕虫，飞到云端，每个倦飞的傍晚都能放心还巢。"

我和阿直每天都讨论鸟，有时是早上刚醒来的时候。我刚睁开眼睛，阿直的短信就会发来，我会模仿一两声鸟的鸣叫，报告一日之晨面对他的喜悦。

有时候是深夜，听到阿直的短信嘀的一声，我就说："鸟儿的呼吸像月光照在蔷薇花架上。"

阿直说："每天和你说话，就像吃饭一样，缺一顿都心慌。"

日子一天天走过，每天都心生欢喜，我轻来悄去，鞋子对脚下的每一粒石子都心怀感激，尽力不踩疼它们。鸟儿在巢的时候，我都要放低声音和阿直在电话里说话，担心吵到鸟儿。

"人类总是渴望传递爱，爱是这世上最具感染力的事物。"我告诉阿直。

鸟鸣愉悦了我的生活，我轻盈来去，甘心做鸟儿的芳邻。

我很想问阿直，距离和时空对相爱的人是否构成障碍。但我知道这个问题的答案藏在岁月里，即便我能在阿直那里得到一个回答，又如何能使自己确信？

是那场大风吗？还是大风之后的暴雨？在连续的失眠后，我竟然睡过了头，一定是正午了，阳光明艳，照耀半室，却感到无端清冷。我打开了空调的开关，空调的嗡嗡声使我心烦意乱，我反复关机、开机，一天里无数次地重复这个动作。烦躁，身体忽冷忽热，心情忽明忽暗。一天又一天，心绪彷徨，无奈无力。

下雪了，我把屋子里所有能取暖的东西都打开，我把门窗紧闭，拉上厚厚的双层窗帘，可这些都无力阻挡冷的感觉。冷。无处不在的清冷。

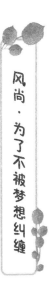

我忘了鸟儿，直到某天看见编辑拿来的一组鸟的摄影照片，才想起我窗外的鸟窝，赶紧回去看，但那对鸟夫妻早已经不知去向。

人生到处知何似?

应是飞鸿踏雪泥。

泥上偶然留指爪，

鸿飞哪复计东西。

日子回归到先前的寂静，无所待，不可待。

日复一日。时间行走在自己的速度里，忽略人的心思。

这个明媚的春日午后，我看书到疲累，把手上的书丢到地板上，在木榻上睡去。我在梦中听见鸟鸣，仿佛往日重现，多像从前的鸟儿的叫声啊。我在惊喜中醒来，赤脚奔向窗边。我以为吉祥的鸟儿回来了，但是窗台空空，那个洞口空空，天空也是空空的。我对着碧蓝的天空久久凝望，我看见一只小小的鸟翼从天而降，缓慢降落，擦过我的腮边，贴着那个洞口旋转，缓慢向五层楼下跌去……最后降落于那片青青的草地上。

我打开房门，赤脚奔向楼下。

没有人在原处等你

陈 毓

这天朴签下一张至关重要的单。朴拧了很久的眉头终于可以暂时舒展开来。朴让自己像个闲人似的在大街上散漫行走。

大街上车水马龙,人来人往,阳光穿过混浊的空气淡淡地照耀着,一如无数个这样的午后,可分明又有什么东西在这午后的空气里氤氲着。等朴明白过来的时候,一缕笑意清流般从他心上漫过。朴看见那么多人手握鲜花行走在大街上,朴的第一个闪念就是:花朵在大街上穿行。朴走在人群中,那些握花的人和他擦肩而过,他闻着空气里散落的香,心中有种淡淡的甜味。

朴后来就进了一家鲜花店。看着朴十分外行的样子,卖花女从忙碌中抬起头,为朴讲解在他听来如天书的花语。

朴第一次明白,一朵自然的花竟被人赋予了如此繁复的含义。吃惊之余,朴怜香惜花:不都是花吗?哪一朵不美?干吗厚此薄彼?

朴后来就选择了康乃馨——那家花店最多的,在那个特殊的日子里唯一不涨价的花。

朴买了一大束。

朴捧着那束沉沉的花,走在大街上,朴再次想起自己最初的那个闪念:

花朵在大街上穿行。朴埋首在花的清香里。

朴在下一个十字路口向北拐。朴想象女孩看见花时的表情,花会使女孩快乐,这是肯定的,可女孩也会嗔怪他花钱太多! 没事,朴想。他要告诉女孩他今天的业绩,把那句"面包会有的,一切都会有的"再语气铿锵地强调一遍。

两年前,当朴在大街上和流浪的女孩相遇时,朴就是用这句话安慰心情惶惶的女孩。

朴说:"我要养你,我能做一个养得了自己心爱女人的男人。"

两年来,他努力践行着自己最初的诺言,尽管十分疲累,可他觉得充实。朴想,等他有一些钱了,他就向她求婚。

朴站在那扇熟悉的门前,朴用指尖在门上弹奏,唱歌一般:"芝麻开门!"

门紧闭着。朴再唱,门依旧无声紧闭。

现在朴敲门的声音明显强烈,代替那句"芝麻开门"的是朴急切的呼叫。

朴喊了很久,朴的喊叫打门声召来了房东,胖胖的女房东肯定是熟悉朴那张脸的,女房东用洞悉一切的眼神看着朴说:"她走了。"又说,"钥匙在我这里,你的东西在屋里。"

女房东麻利开门。小小的一眼可以望尽的房子里,朴看见自己的牙具和毛巾整齐地摆在桌上,他上次来时脱下的衬衣也洗干净了,整齐地叠放在那张窄木板床上。朴在衬衣上看见了那张纸条:"我不忍再目睹你的累和我自己的累,所以我走了。不要问我将去哪里,因为我也不知我的归处。祝福你的未来,也祝福我的未来。"

朴后来来到街角的广场上。从前的黄昏,他和女孩常来这里,坐在水泥的台阶上,看广场上的人和灯,那时他们是那么具体地幻想过他们想要的生活! 朴在街角的护栏边停住脚步,低头看见怀里的花,朴奇怪自己还抱着花。

广场那边,一个卖花的小女孩挽着一个竹篮,轻声呼唤着生意,走过来。

朴看见女孩筐子里装满单枝的玫瑰。

朴走过去，把花送到女孩眼前，说："小妹妹，我送你花吧！"

女孩一愣，立即就笑了，那么开心，大声说："谢谢大哥哥！"

抱着朴送的花，女孩快乐地融进往来的人群中，冲过往的每一对男女喊："祝福情人节！哥哥，你给姐姐买花吧，瞧姐姐这么美！买花吧，单枝十元，这束花五十元。"

五十元钱，这数字朴熟悉，那是他下午买花时刚刚付出去的。

朴站在人流之外，听着女孩脆脆的叫卖声，渐渐远去。

风尚·为了不被梦想纠缠

短时失踪

周海亮

当他意识到这也许是一个错误时,已经晚了。

几天里,他在那条小街上往返数次。他走得很慢,甚至会坐在街心公园的石椅,抽掉一根香烟,再喝掉一瓶可乐。他慢吞吞地消磨着时间,可是他仍然无法将一个小时消耗干净。他的疑心,便如一颗种子,落地,膨胀,生根,发芽,越长越大,不可遏制。

妻子与几个朋友聚会,他是知道的。他在家里等待妻子,顺便将堆在洗衣机里的衣服洗了,又将抽油烟机擦干净。妻子回来,花枝招展,表情灿烂,嘴巴里呼出白兰地的气味。

他问:"怎么才回来?"

妻子说:"十分钟以前刚散场。"

他说:"一个女人走夜路,不安全。"

妻子已经钻进了浴室。

然后,洗澡,睡觉,一夜无事。

可是第二天,当他无意中遇到一个与妻子一起聚会的朋友,他对妻子突然生出狐疑。

朋友所说的他们结束聚会的时间,比妻子所说的,足足早了一个小时。

一个小时很短，一个小时也很长，一个小时可以做很多事情。

回家，他装作不经意问起妻子，妻子说："我记错了。"

他说："可是你好像并没有喝醉。"

妻子说："并非喝醉才可以记错。"

他说："哦。"

偷看妻子的眼神，他似乎从妻子的眼神里，读到其他东西。

"也许你还忘记了其他事情。"晚上一起看电视的时候，他突然说，"比如喝完酒以后接着喝茶，比如路上塞车……"

"对了，我想起来了。"妻子说，"我是走回来的，和小吴。喝得有点儿多，散散步，有助于醒酒。走的就是咱俩经常散步的那条小街，芙蓉花开得正好……他一直把我送到楼下。"

"你该请他上来坐坐。"

"天太晚，不方便。"妻子说，"再说我好像有点儿喝高了……"

其实，他希望妻子去喝茶，去做面膜，去洗澡，去打牌，去做任何一个人或者一群人做的事情，除了和小吴一起散步。小吴是妻子的朋友，也是他的朋友。小吴高大英俊，风趣幽默，更重要的是，小吴单身且懂风情。酒后两个人一起散步也正常，不正常的是，妻子当天并没有将这件事情告诉他。或者说，妻子当天好像有意将散步这件事隐瞒了。这就更加可疑了——忘记与有意，绝对不同。

于是他开始在那条小路上计算时间。可是每一次，最多半个小时，他就将那条路走完了。那段时间，他的心情变得很糟。

虽心存狐疑，他与妻子仍然男欢女爱，男耕女织。

直到又一个周末，妻子又要出去与朋友聚会，他嘱咐一句："早点儿回来。"

妻子随口问："哪天没早点儿回来？"

他压抑太久的怒火，终于彻底爆发。

"上次你和小吴一起失踪了一个小时！"

"我们走回来的。"

"那也用不了一个小时！"

"你挺无聊。"

"那一个小时你们到底干什么去了？"

"你真无聊！"

声音越说越大，终变成争吵。似乎妻子碰了他一下，似乎他用胳膊顺势一挡，妻子便倒下了。妻子的脑袋碰到柜角，脸颊淌出鲜血。他慌了，急忙翻箱倒柜寻找创可贴和紫药水，待好不容易找到，妻子早已甩门而去。

突然，他感觉对不住妻子——毕竟他是男人，毕竟这么多年，妻子一直是贤妻良母。他决定待妻子回来后给她认错，并求她宽恕他的粗暴。等待妻子回来的那段时间,他洗了衣服,拖了地板。然后,他接到小吴的电话。

"你打她了?"

"她自己摔倒了……"

"如果你再这样待她,我会对你不客气!"小吴说。

他攥着电话,愣住了。小吴凭什么用这种口气跟他说话?小吴凭什么管他们的私事?越想越可疑,越想越可气,越想越感觉妻子和他之间肯定有着不可告人的秘密。那夜,当妻子回来,他们再一次争吵起来,妻子再一次甩门而出。

第二天,当他从沙发上醒来,他看到门缝里夹着一张纸条。纸条是妻子写的:"是你逼我失踪。"

他发疯般到处寻找妻子,可是这一次,妻子真的失踪了。几个月以后,他接到一封遥远城市的来信,信中妻子只有一句话:"我们离婚吧!"

他再一次在那条小路上不停地往返。他认为自己走得很快,有时候,甚至用上小跑,可是每一次,他都会将一个小时消耗干净。他纳闷,难道时间在妻子失踪之前和失踪以后,变换了速度?

不管如何,他知道,妻子已经下了与他离婚的决心。就算最终他们勉强和好,这道裂痕,也注定无法修补了。

似乎这与聚会无关,与小吴无关,也与十分钟或者一个小时无关。

当他意识到这也许是一个错误时,已经太晚了。

风尚 · 为了不被梦想纠缠

农民贵族

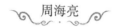

周海亮

为成为贵族,他付出了多年的努力。现在,他终于有资格瞧不起身边的土豪。

他认为他们仅仅是土豪,而他才是真正的贵族。虽然贵族不是隐士,但贵族绝不可以天天混迹在令人讨厌的嘈杂的市井。而他,终于在静谧的大山里,有了一处他曾经梦寐以求的独属于他的宅院。

宅院并不豪华,这正是他所追求的原生态风格。每年他都会抽出几个月的时间,来到这个山野宅院,享受他世外桃源般的贵族生活。

那天,他躺在门口的藤椅里喝茶,看到一个进山砍柴的老农。他将老农请进来参观他的宅院,给老农倒茶,端水果,与老农闲聊。

"你怎么会住在这里?"老农问他,"看你的模样应该是有钱人吧? 但是这里,兔子都不拉屎……"

"我来这里是想享受真正安静的贵族生活。"他说,"您看看我的房子,是不是很棒?"

老农四下看看说:"凑合吧。"

"怎么是凑合呢?"他说,"这房子是用石头和木头建造起来的,墙是土坯墙,我连砖都没有用。知道为什么不用砖吗? 用砖,就失去了原始和粗犷的味道……"

"这不稀罕。"老农撇撇嘴,说,"俺那个村子,家家都是这样的房子。"

"光房子还不行。"他说,"您看看院子里的这些花草,都是我从附近的山上移栽过来的。"

"这更不稀罕了。"老农说,"俺村里遍地都是这些花草,想避都避不开,看得俺烦。"

"您再尝尝这些水果。"他说,"全都是从附近收来的,绝对绿色无公害……"

"那你认为俺吃的水果都是污染过的?"老农说,"老实跟你说,俺种了一辈子地,从来就不知道化肥是怎么回事。"

"我现在天天粗茶淡饭。"他说,"大饼子、小米粥、野菜、山上采的绿茶……我连一口酒都不喝。"

"俺也是啊。"老农说。

"我现在不用电话,不用电脑,不看电视,不看报纸。"他说。

"俺也是啊。"老农说。

"我现在基本与世隔绝。"他说,"除了每天去我自己开垦的那块地里浇浇水、拔拔草,回来就是喝茶、睡觉、晒太阳……"

"俺也是啊。"老农说。

"咱俩不一样的!"他有点儿急了,说,"虽然咱俩吃着同样的饭,做着同样的事情,但我是贵族,您不是。"

"俺看差不多。"

"肯定不一样。"他说,"我现在无欲无求,吃得饱,睡得香,就算天塌下来,也不关我的事情……"

"那你认为俺还指望发大财还是想再娶房老婆?"老农说,"俺和俺村里的人每天都过着你说的这种生活,咱们都是一样的。"

"绝对不一样!"他真的急了,"咱们怎么能一样呢? 你生在乡下,长在乡

下,你的职业就是农民,你做这些事太正常。而我呢?我是用了这么多年的时间才熬到了现在这种生活状态。什么状态?贵族的状态!现在,我有钱做这些事,有时间做这些事,有资格做这些事……种花,种菜,劈柴,喂马,住木屋,吃绿色食品,呼吸富含负离子的新鲜空气,这不是贵族的生活是什么?您知道我是怎么熬到这一步的吗?先玩命地赚钱,再玩命地健身,最后玩命地让自己厌倦城市里的高楼大厦、灯红酒绿以及虚伪的交际……"

"你这么说,俺总算弄明白了。"老农笑笑说,"咱俩唯一不一样的地方就是——你是玩命才成了贵族,俺一生下来就是贵族。"

一道亮丽的风景

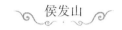
侯发山

马队长从市医院看病出来,忽然看到街口围着一群人,里面有执法大队的小李、小张——熟悉的制服格外惹眼。他忙走了过去,现在人们对行政执法人员有偏见,稍有不慎就容易发生冲突。原来是年过花甲的夫妇,用一个旧的铁皮烤炉在卖烤红薯,小李、小张在给两位老人解释政策。两位老人看起来是乡下人,满面沧桑、身材瘦弱、衣衫破旧。他们低眉垂目,也不辩解,也不走,一直在那儿僵持着。

小张说:"你们占道经营是违法的……都像你们这样,城市还不乱了套?你们看看,这么干净整洁的大街上摆一个铁皮烤炉,多煞风景啊。"

小李有点恼火了:"走不走? 再不走就推倒你们的烤炉!"

马队长见状,忙走上前去:"大叔大妈,我们是城市管理行政执法大队的,是在执行公务,请配合我们工作好吗?"

小张急忙给两位老人介绍:"这是咱们行政执法大队的马队长。"

大叔终于开口说话了。他可怜巴巴地说:"我们老两口老来得子,谁知道,儿子大前年患上了心血管瘤,花费十几万也没能救活,媳妇带上孙子改嫁了。为了给孩子治病,我们卖光了田地,还欠了六万元外债……我们没别的门路,只好寻了铁皮烤炉卖烤红薯。求求你们高抬贵手……"

没想到是这样！马队长回过神来，皱着眉头想了半天，说道："大叔，您就在这里卖吧！您放心，没人再撵你们了。不过，一定要把烤炉放到道牙上面，不要影响交通，同时，也要搞好卫生……"

小张打断马队长的话："队长，这样不妥吧？"

马队长拍了拍小张的肩膀："没事的，出了问题我负责。"

闻听此话，围观的人都鼓掌叫好。大叔也傻了一般，不知道说什么才好。大妈推了大叔一把："还不谢谢人家……"大妈一边说，一边手忙脚乱地给马队长装了几个红薯。

马队长给了小张、小李一人一个红薯，然后，掏出一张二十元的票子递给了大妈，转身走了。

"哎，哎，不收你的钱，怎么能收你的钱呢？"大妈追着喊。

马队长回头挥了一下手："大妈，算我掏钱买了。"

大妈说："那你等等，我找你钱……"

"别找了，我明天还来买。"说着话，马队长已经走远了。

围观的人们见状，纷纷掏钱购买烤红薯。转眼间，大叔大妈的烤红薯被抢购一空。

当天晚上，马队长就给全体队员群发了一条短信，允许大叔大妈在街上卖烤红薯，同时号召大家都去买烤红薯。末了，马队长还说，红薯是防癌食品，好吃不贵。

接下来，马队长和他的队员们天天去买大叔大妈的烤红薯。

在他们的影响下，市医院附近的人也都去购买老人的烤红薯。

又过了几天，马队长忽然发现大叔大妈不见了。他以为是谁把他们赶走了，把单位人问了个遍，都否认了。

马队长隐隐约约感到一丝不安。

后来，铁皮烤炉又出现了——只有大叔一个人在卖烤红薯，大妈没来。经询问，才知道大妈突发脑出血，在医院治疗了十多天，由于没钱治疗，提前出院了。

　　看到大叔在寒风中瑟瑟发抖、孤单无助的样子，马队长心中一动，回去后立即组织全体同事捐款，给老人在街头摆了一个漂亮的简易彩板房子，房子上面喷着白色的"爱心烤红薯"几个大字。

　　一个月后，"红薯大叔"因过度劳累突然跌倒，初步诊断，老人颅骨骨折，颅内出血。

　　城市管理行政执法大队再次点燃了"红薯大叔"的烤炉，马队长和他的队员们轮流卖烤红薯，所得费用全部捐给"红薯大叔"。

　　经热心的网友和媒体报道后，一时间，小城人都喜欢上了吃烤红薯，烤红薯成了"抢手货"。而且不少自愿者加入了卖烤红薯的行列，为"红薯大叔"一家募捐。

　　这年冬天，"爱心烤红薯"成了小城一道亮丽的风景。

味 道

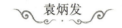

袁炳发

在我居住的小区内，有一家"中央红"超市。超市的面积不大，不到两百平方米，但货品还算齐全。

小区院里有几家超市，但我每次购买物品，首选就是"中央红"超市。除了超市女主人的服务热情周到之外，还有一个重要原因，我每次出差去外地，快递员联系我时，我都让把快件送到超市，让超市女主人代签保管。

超市女主人把我的快件保管得很妥帖，我出差回来到超市去取时，她就从收银台下边的抽屉里取出快件，递给我说："大哥，拿好。"

我一脸感激地说："谢谢您！"

她说："客气什么，举手之劳，以后有快件，你外出就放到我这里。"

从这件事上讲，我到"中央红"超市消费，也算是对超市女主人表达一点儿谢意。

超市女主人短发，娃娃脸，三十几岁，中等个头，身材匀称，不胖不瘦那种。女主人很爱说话，我每次到超市，她都要和我打招呼说几句话，而她的男人却坐在收银台旁边一直玩手机。奇怪的是，我总来超市，她男人竟没和我说过一句话。

女主人见我看她的男人，便和我解释说："他玩游戏都玩傻了，天天玩那个飞机大战!"

有一次,我到超市买完烟,外面突然下起大雨,雨势凶猛。

我和女主人开玩笑说:"人不留天留。"

女主人给我拿来一把木椅,我坐下来。超市里没有顾客,女主人便和我聊了起来。

女主人问我:"大哥,你说什么样的家庭算是好家庭?"

我想都没想就回答:"你这样的家庭就是好家庭啊!两口子开个超市,过着衣食无忧的生活,可能还不只是衣食无忧。"

女人说:"我想,婚姻除了物质方面,心灵上还要有一些内容。"

我说:"现实生活中,许多夫妻心灵上都没有内容,可日子还要过。"

说完,我看了一下超市的四周,没有发现她的丈夫。

她懂得了我的意思,解释说:"他去送外卖了,估计也是被雨耽搁了。"

女人说完,长叹了一口气。

我们又聊了些别的。雨停后,我刚要离开超市时,女主人说:"你看我每天瞎忙,今天是我的生日,我都差点忘了。"

出于礼貌，我客套地说："不巧，我今天有事，不然我会请你吃饭，给你过生日助兴。"

女主人听后笑了，说："大哥，谢谢！你的话让我心里暖和。我们家里的他，从来不把我的生日放在心上，连寻思都不寻思，你说怪不怪？"

我劝说："男人的心都粗，你也不用太在意。"

女人的眼神里有一些幽怨，我走出了超市。

出差一段时间，回来再去超市，没见到超市女主人，我就问她丈夫。她丈夫放下正在玩着的手机，告诉我他们离婚了。

我听后愣在那里，喉咙像被什么卡住，半天讲不出话来。

男主人对我说："她天天看琼瑶看傻了，被微信上的一个男人给摇走了，说什么也不和我过了，嫌我不关心她，还嫌我不会说话，说我是木头人。"

说到此处，男人显得挺激动，从收银台的座位上站起来，一只手掐着腰说："我还怎么关心，超市里的重活儿，我从不让她动一下手；送外卖也都是我去送，有时就两瓶啤酒，一个电话打来，我也要去送，遇上停电，二十楼我也要往上爬！"

男人略停后，又突然拔高声调说："离婚时，她硬从我这里要去二十万，这个超市才留给了我，我够爷们儿吧？大哥，我和你说，她早晚会后悔的！"

说完，男人一脸无辜的表情，坐下去呜呜大哭起来。

我劝男人，说了些诸如遇事要想得开，没准还会有复婚的可能等安慰的话，然后买了两瓶海鲜酱油就走开了。

一天，我在公交站台等车，意外见到了离婚的超市女主人。我们惊异之后，都欢喜地伸出手握了握。

我问她："怎么样，现在还好吧？"

她说："你可能也知道我离婚了，现在这个人年龄比我小，但对我很好，我们同居了。"

我说："祝贺你！"

她笑笑，颇有疑虑地说："不过，我觉得这小子嘴太会说，像抹了蜜，这倒让我心里不踏实。"

女人正说着，一个衣着酷似大男孩的人跑过来，说："宝贝，我来了！"

女人说："他来了，我们去附近吃西餐。"

说完，女人告别了我，与那个人走了。

我听见那个人问女人："刚才和你说话的那个男人是谁呀？"

女人说："我原来超市的邻居大哥。"

那人又说："不是你的老情人吧？"

女人甩开搭在她肩上的那个人的手，说："胡说什么，有点儿正形！"

看着他们远去的背影，我的心里突然涌出一股很奇怪的味道。

庆　捷

田洪波

终于告捷了,寒地栽桑养蚕项目审批手续一拿到手,赵主任和王助理就架着胡文斋往松雷大厦走。

胡文斋趿拉着鞋,有点儿跟不上他们的步伐,兴奋的红晕依然在瘦刀条脸上荡漾着,问两个部下要把他弄到哪里去。

胖胖的王主任说:"上午来省厅时你答应过的,事办成,就把你穿了八年的皮鞋换掉。"

矮个的王助理说:"堂堂局长,一言九鼎。你脚上这双鞋,甭说我们看不上眼,连警卫都嫌有碍观瞻。你别忘了,这是在省城,不比我们嘉通那旮旯儿。"

胡文斋站定说:"怪不得警卫瞅我那眼光有点特别,敢情是看人下菜碟啊!甭说他了,连主管厅长看我这鞋时都皱眉了。我说今天咋这么顺利,大笔一挥就过了呢?原来还有鞋的功劳啊!"言罢大笑。

三人来自嘉通县农业局,项目立项一年有余,省城跑了数十回,还是见不到阳光。胡文斋上次到省城索性在一家小旅馆住下,打起了持久战。此举终于惊动了陈厅长。把胡文斋邀去一谈,陈厅长激动了,拉着胡文斋的手说:"老百姓有你这样的官员是福分啊!"其后手续办得如快马加鞭。这次再到省城,因为胡文斋鳄鱼嘴一样的鞋,差点儿被警卫拦在门外,办不成事情。

转了几个来回,胡文斋拉两人的衣袖说:"这里的东西太贵了!"

王主任瞪眼:"一分价钱一分货!别总想买东西就去咱那破百货店。告诉你,现在我们俩说了算,让你穿啥就穿啥!"

前后试穿了几双鞋,两人商定,买下其中一双三百多元的。胡文斋心疼得直咧嘴:"太贵了,我穿这样的鞋咋下乡啊?"

两人明确表态,给胡文斋换鞋是全嘉通人的心愿,一会儿他请他们吃饭好了。胡文斋红了眼圈,默默点头,穿鞋走了几步,红着脸努力适应。两人在一旁拍手窃笑。

胡文斋不肯扔掉旧鞋,把它小心包起来,装进了鞋盒里。两人无奈,只得随他。

三人找了一圈饭店,最后胡文斋拍板:"干脆,我请你们吃自助餐得了。三十八元一位,还大酬宾,肯定能吃饱。"

三人又嚷嚷一番,走进一家装潢考究的自助餐馆。胡文斋像刘姥姥进了大观园,左打听,右探问,才算把心放肚里了。菜肴很丰盛,三人有说有笑地夹菜。赵主任和王助理眼放光,夹完奶油泡芙、深海清鱼,又夹生菜番茄沙拉、火鸡烩栗子,直咽唾沫。

赵主任突然想起什么,问胡文斋这次来省城,是否去看看他读大学的

女儿。

胡文斋边夹菜边乐着说:"她和同学去云南实习了,说是增加工作经验。这孩子懂事,勤工俭学,办了个什么网上培训,已能挣一些钱了。上次我来,她特意请我吃了牛排。"

"真的?孩子真是有出息了,他爹虽然当着局长,可也不常吃牛排吧?"赵主任乐得眼睛眯成一条缝儿。

王助理不忘幽默:"此言差矣,我们局长啊,天天摸爬滚打在乡下,和乡亲们混得熟,谁家宰牛杀羊不请吃一顿?红烧、清蒸,不是想怎么吃就怎么吃?甭说牛排、羊排,就是鸡排也早吃腻了。"

胡文斋笑:"你小子,嘴上给我留点德。说老实话,我一次牛排也没吃过,当时还埋怨姑娘干吗花那么多的钱吃牛排骨?三十多元啊!可后来我发现自己错了,牛排不仅有骨头,也有很多肉呢!"

两人大笑,笑胡文斋的老土,笑声引来就餐者的侧目,这才惊觉,他们的旁若无人早引得人们皱眉了。三人急忙噤了声。

胡文斋悄声问赵主任:"这地方咋净是年轻人啊?那么大一盘菜,吃得了吗?"

赵主任乐了:"人家吃不吃得了你管得着吗?真是乡下见识。"

胡文斋兀自摇头,又下意识地打量餐馆里的人,但见窃窃私语者有,朗声说笑者有,多半吃一点东西,再用手触一下手机屏幕,或把手机举至耳边,和什么人通话。面前大多放着可乐、雪碧、咖啡之类的饮料。

三人把食品端至桌上,赵主任和王助理各夹了很多生蚝,唯有胡文斋未夹。

赵主任问:"胡局,你不爱吃生蚝?"

胡文斋惊诧:"这东西叫生蚝?咋个吃法呀?没吃过……"

王助理瞪圆眼睛:"堂堂大局长,怎么会没吃过生蚝?太不真实了吧?"

胡文斋脸红了:"我没说谎,这东西甭说吃,见也没见过,刚才夹菜时我看到它,心里还想这是什么东西? 样子不太好看,不知好不好吃? 你们别笑话我,自小农村长大的,哪见过这些稀奇古怪的东西!"

两人这才发现,胡文斋的餐盘里夹的是玉米、黄瓜片什么的,肉食只有肉串和猪耳朵之类。两人把生蚝悉数往胡文斋的餐盘里拨,红了眼圈说:"胡局,你尝尝……你今天必须尝尝!"

单提溜

田洪波

单位组织义务劳动，地点选在市区一个居民小区，主要是清运垃圾。

热火朝天中，笔杆子老闫发现一盆完好无损的吊兰，老闫笑言："这单提溜怎么好像和我有缘啊？"

有人不解："吊兰怎么就与你扯上关系？"

老闫轻抚秃顶，说："这花名叫吊兰，俗称单提溜，现在一般人家并不待见它。它是相当常见的垂挂式观叶植物，喜欢在半阴环境下生长，体积小，但枝叶繁茂美观，好比是我，从青涩小子到如今老朽不堪，材料写了十几麻袋，写到头顶寸毛不生，可前途呢？依然半明半暗，云里看月。装饰家居少不了这花卉，可它有多重要，在人心里占多大位置，谁能说得清？我为机关贡献半生，几番考核，也只混到党委委员，往上上不去，下又不甘心，就像它一样单提溜着，

谁能为我言？可见同病相怜啊！"

大家嬉笑，说："今天可是个大晴天，你怎么这般忧郁？这般多愁善感？"

老闫又自嘲一番，在插科打诨中将吊兰留下了。

自此，老闫的办公室有了一抹亮色。吊兰被高高吊在窗台上，老闫个矮，找高个同事给吊上去的，每次浇水，老闫都是踩着东西跷脚浇。谁来都诧异，怎么凭空多出这样一盆花卉？老闫说花叫单提溜，来人多半会哑然失笑，看老闫的眼光意味深长。

吊兰也颇给老闫争脸，不久就长得枝繁叶茂，翠翠绿绿的了。

日子像温水，无滋无味地向前流淌，无风也无浪，老闫的背似乎越来越驼，眼镜的度数也似乎加深了，不到一米七的身躯看上去就像一个老小孩。无事时，老闫会眼望吊兰，出一会儿神，有事情被打扰，他会半天回不过神。有同事私下感叹老闫的命运多舛。

这节骨眼上，原市委书记被上级组织约请谈话，紧接着就不见踪影了。很快市委召开干部大会，宣布任命一位新书记，各单位开始忙着汇报，老闫这个笔杆子自然也当仁不让地上阵了。想着新书记到任一时半会儿不会研究干部，老闫的材料写得很慢，被局长逼急了，老闫才咬牙买回一条烟，熬了两个通宵，将材料弄齐整了。然后他的心思就又牵挂在吊兰上了。

也就个把月的光景，组织部门的同志又搞考核，老闫依然是被推选对象，不过老闫已经见惯不惊，侍候起花来倒格外用心。

局长在办公室调侃他："这次你不会像这单提溜单吊着了，这次很有希望。"

老闫无事人一样淡淡一笑。

转天，局长交给老闫一项艰巨任务，省里一家系统杂志组织地市级书记访谈，局长示意老闫以书记名义写份材料，要求他施展出全部才能，把访谈写得漂亮些，争取给书记留下个好印象，便于他下步提拔。

老闫不敢怠慢，起早贪黑，煞费心血，写出一篇沉甸甸的访谈材料。给

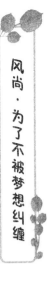

新书记看,新书记稍作改动后大笔一挥:"这材料写得不错,可发!"

不料稿子传到指定邮箱,发出来的却是初稿。局长气得用手指着老闫,半天才破口大骂:"你脑子进水了? 不会看仔细点儿? 不会亲自送到省里?"说着眼睛瞄到吊兰,"我看你这辈子就是单提溜的命! 看书记怎么说吧,我猜你是没戏了!"

老闫撞墙的心都有了,他锁上办公室的门,望着吊兰,思绪万千,懊悔地用头撞墙。

翌日下午召开常委会,至下班时局长找老闫,意味深长地望着他不说话。老闫的呼吸都快停止了,也不敢看他。局长半天才说:"你小子命好,书记没怪罪你,倒认为提拔你这样的干部是实至名归。这次你小子真提了,副局长!"

老闫回到办公室还不敢相信一切都是真的,他望着吊兰出神,望着望着,登高把吊兰剪下来,看了一眼杂草丛生的后院,丝毫没有犹豫,将那盆吊兰痛快地从三楼窗户扔了下去。

停车问题

朱红娜

　　小城就巴掌大,从城东到城西,也不足一公里。一条江穿城而过,把城市分为江南江北,江边垂柳依依,花木葱茏,散步再适合不过,江南江北徒步走下来不过一个小时。小城是老城,街道都不宽,很多单位靠近街道边,没有停车场,停车成了大家最头疼的问题。

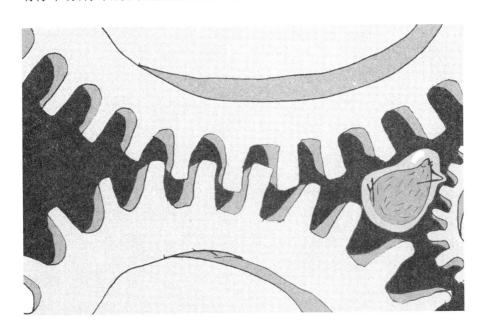

许科长家离单位不到一公里，每天沿着河堤徒步上班，优哉游哉，既锻炼了身体，又能欣赏沿途风景。看到大家为停车焦躁，许科长暗自庆幸。自己不用买车，省了车钱，还省了油钱。最重要的是省了停车的烦恼。

可是单位的人都纷纷买了车，许科长科室里就许科长没买，大家隔三岔五就问他："许科长，什么时候买车啊？"

"买什么车嘛！我看你们纯粹是多此一举，塞车不说，停车多艰难，花钱买车不算，还浪费油钱。看我多自在，不用每天为找车位停车烦恼。"许科长扬扬自得，尽数买车的弊端。

许科长没想到他的这种得意劲，像一瓶醋洒在地上，让人闻着酸酸的，继而心里也感觉酸酸的。可怕的是有这酸感觉的人还是大部分。跟一个人作对没关系，跟一帮人作对那后果就非同一般了。

于是，某一天在卫生间门口，许科长就听到这样的对话。

"真搞不懂许科长这个人，堂堂一个科长，连车都不肯买，留着钱干吗？"

"他那是精明，有公车用公车，没公车蹭我们的……"

许科长听不下去了，感觉血液"滋滋"往脸上蹿，不用照镜子，他也知道自己的脸色从猪皮色变成了猪肝色。他故意大声"咳咳"了两下，进到卫生间"哗哗"完，头也不回就出去了。

出去后的许科长从外到里都不淡定了，不就买辆车吗？有什么了不起，老子一定要你们刮目相看。没过几天，许科长就开回了一辆"奥迪"，让科室全体人员的眼睛顿时瞪得跟铜锣一样。

买回"奥迪"的许科长不徒步了，每天开车上下班。可车开到单位没地儿放，许科长就一直开，开到有地方停车为止。有时一开就开出一公里以外。

这一天，许科长看到单位门口领导的停车位子空着，才想起领导出差半个月。许科长一阵兴奋，正好可以停在领导的车位上。

还没等许科长停稳当，单位保安就跑出来制止："不可啊，领导的位子不能停啊！"

"领导出差了，要半个月才回来。"许科长说。

"出差了也不行，这是领导的车位啊！难道领导出差，他的位子就是别人的了？"保安一句反问问得许科长哑口无言。

许科长知道保安是领导老婆弟媳的弟弟，跟着他姐姐叫领导姐夫。平日里姐夫长姐夫短地炫耀，还真以为领导是他亲姐夫了。

宁可得罪君子，不可得罪小人。"小人！"许科长在心里骂了一句保安，只好把车再开出来，可一直找不着车位，许科长最后把车开回了家，又步行来到办公室。

老婆讥讽他："你是被汽油烧坏了脑子。"

"你才烧坏了。"许科长本想骂老婆一句，但好男不跟女斗，许科长一向养成了忍让的脾气，很少跟老婆吵架。但老婆却不依不饶，经常将"汽油烧坏了脑子"挂在嘴上，弄得许科长不胜其烦，常常无缘无故头疼。

静下来的时候，许科长就想："难道我真的脑子出现问题了？"

祝你生日快乐

戴　希

芦苇岸和林馥娜在网上恋得很火。恋得很火时林馥娜忽然问芦苇岸他老婆白玛的生日。不问不要紧，一问还真让芦苇岸十分吃惊，白玛的生日已近，就在三天后了。

"问我老婆的生日干吗？"芦苇岸觉得林馥娜真逗。

"就是提醒你——"林馥娜显得很大度，"应该送她一朵玫瑰，而且，你最好不要直接出面。"

嗬，有意思！打结婚后，芦苇岸就很少记起白玛的生日，更别说送她生日玫瑰。既然林馥娜如此通情达理，当然得送玫瑰给白玛，并看看她的反应了。

白玛生日那天，芦苇岸买了一朵很美很雅致的玫瑰，请快递送到青花中学。

"这朵玫瑰真好！可是——是谁让你送来的？"接过玫瑰，白玛在鼻尖下美美地嗅嗅，脸上很快鲜花盛开。

快递员摇摇头："我只知道送花者是位男士。他说，你知道他是谁！"

说完，快递员头也不回，匆匆走了。

结局一

"听说有人给你送玫瑰啦？"夜晚入睡前，芦苇岸不动声色地试探白玛。

白玛一惊，马上矢口否认："天方夜谭，压根儿没有的事！"

"没有的事？你们学校都有人通风报信啦！"

"别人拿你取乐呢！"白玛用纤纤玉指轻点芦苇岸的鼻尖。

"哦，原来这样！"芦苇岸佯装大悟。

"怎么样？你老婆知道生日玫瑰是你送的吗？"翌日网聊，林馥娜调皮地问。

"她呀——"芦苇岸表现出十二分的伤心，"不仅没有，仿佛还掖着藏着什么！"

"何以见得？"林馥娜追问。

"我问她是否有人送她玫瑰，她说没有。我说她们学校有人告诉我了，她说那是别人无事寻乐子。你看你看！"

林馥娜像蜜蜂采到了鲜花一样："这就好，这就好哩！"

"还好，好在哪里呀？"芦苇岸心里酸酸的。

"傻瓜！难道你脑子里就一根筋？"林馥娜嗔怪道，"自己好好想想吧。"

结局二

"听说还有人给你送生日玫瑰？"夜晚入睡前，芦苇岸"酸不溜丢"地试探白玛。

白玛紧盯芦苇岸片刻，立马拧拧他的耳垂："是你导演的滑稽剧吧？还装模作样、神秘兮兮的！"

芦苇岸嘿嘿地笑。白玛闪电般地亲了他一口。

"怎么样？你老婆知道生日玫瑰是谁送的吗?"翌日网聊,林馥娜调皮地问。

"当然！她说除了我还会有谁？说罢,又是轻轻拧我耳垂,又是闪电般地亲我,睡梦中还笑出声来。你看你看!"芦苇岸脱口而答。

"既然如此,"林馥娜沉思道,"咱们还是——分手吧!"

"分手?"芦苇岸一惊,"为什么?"

"因为你老婆心里只有你,她还深深地爱着你!"

"可是,你不也说过爱我吗?"

"那是一时冲动,没考虑你老婆的感情!"

"考虑了又怎样?"

"凡事都有个先来后到,先入为主。既然你老婆一直爱着你,我也只能默默地离场了。"

结局三

"听说有人给你送玫瑰啦?"夜晚入睡前,芦苇岸不动声色地试探白玛。

白玛一惊,马上矢口否认:"天方夜谭,压根儿没有的事!"

"没有的事？你们学校都有人通风报信啦!"

"别人拿你取乐呢!"白玛用纤纤玉指轻点芦苇岸的鼻尖。

"哦,原来这样!"芦苇岸佯装大悟。

"怎么样？你老婆知道生日玫瑰是你送的吗?"翌日网聊,林馥娜调皮地问。

"她呀——"芦苇岸表现出十二分的生气:"不仅没有,仿佛还掖着藏着什么!"

"何以见得?"林馥娜追问。

"我问她是否有人送她玫瑰,她说没有。我说她们学校有人告诉我了,她说那是别人无事寻乐子。你看你看!"

"哦,原来这样!"林馥娜心中一动,"如果——我是说如果,你老婆真对你不忠,你怎么办呢?"

"还能怎么办?"芦苇岸异常淡定,"先和她简单沟通,看能否挽救我们的婚姻;如果不行,就……"

"就怎样呀?"林馥娜追问。

芦苇岸斩钉截铁:"离婚呗!"

林馥娜一惊:"离婚之后呢?"

"和你结婚!"

"如果——我不想呢?"

"你不会的!"

"何以见得?"

"我们网恋得如火如荼的!"

这时,林馥娜话锋一转:"江非,你个王八蛋!"

"你是谁?你怎么知道我真名?"

"我是白玛。江非,我们离婚!"

洁白的婚纱

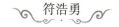

符浩勇

黄昏时分,天色渐渐阴下来,远方雾气迷蒙。

小路弯弯曲曲,搞不清是通向什么地方。朱良挽着菊子的胳膊,漫步在这条小路上。

不知道为什么,朱良突然有些不安起来,总感到有一双眼睛在盯着他俩,他相信,这种感觉往往是不会欺骗人的。

这双眼睛在什么地方? 朱良环顾四周,静默的旷野里没有一个人。

"怎么啦?"菊子问。

"没什么。"朱良摇头。

"我还以为你遇上什么熟人了。"但菊子的话还没说完,朱良就感觉到发生了什么变化。菊子拉着他,低声说:"你看——"

朱良循声看去:在这条路上,对面不紧不慢地走过来一个女人。这个女人穿着一件白色的风衣,高高的大领子几乎遮住了脸。风衣的肩垫得很高,下摆紧而修长,很好看。朱良并没有看清女人的脸,只觉得这一定是一个漂亮的女人,好像在哪里见过,只是一时记不起了。

女人朝朱良和菊子越走越近,她突然说话了:"你们也来这边玩呀!"

"哦,我们散步。"朱良慌忙地应了一声。

女人与朱良和菊子擦肩而过，他们沉默着继续向前走。

朱良问菊子："你认识她？"

"不认识，怎么你也不认识？我还以为她是你的熟人。她的风衣款式，你喜欢吗？"菊子问朱良。

朱良一愣，说："不，我不喜欢。"却躲开了菊子的眼光。

"为什么？"菊子缠着问。

"太干净了就容易脏。脏了也不容易洗干净！"

"你不是喜欢干净吗？你究竟喜不喜欢？"菊子变得认真起来。

"其实……干净的不一定都是白的！"朱良忽然蹦出一句颇有哲理的话，然后又说，"那款风衣，我喜欢的。"

"那你刚才为何说不喜欢？"菊子挽着朱良的手，并肩走着。

"怕你生气呀！我不能因为另外一个女人的一件风衣而伤害了我们的感情！"

"如果你认为这样就会伤害我们的感情,说明我们的关系很脆弱,感情应是相互信任的。平静的湖面,一圈涟漪是泛不起波浪的,如果什么都要小心翼翼地维持,怎么能让我有安全感?"

朱良一时语塞,无言以对。

天越来越暗了。前面路边,有一条长椅。朱良说:"我们歇会儿吧!"

坐下来,双方都沉默了,没有再说什么。朱良深深为自己引起菊子的不愉快而懊恼,也隐隐地为自己的自尊心被误解而感到委屈。不过,他相信这很快会过去,正像相信明天天还会亮,太阳还会升起来一样。因为她是爱他的,他也爱着她。朱良说今后不会再这样了,并将手搭在她肩上,希望她将她的头像往常那样靠过来。

但是,菊子没有像他期待的那样,他顿时困惑起来。

"可以在你的身边坐一下吗?"蓦地,朱良听到一个十分悦耳的声音,甚至不用看,他就明白了,又是她,肯定是那个穿白色风衣的女子。他回过头来,那个女子不知什么时候已站在他的面前。

没等朱良开口,女人已经紧靠着他坐了下来,也许动作太急了,身体一歪,她的头发就拂在他的脸上。他不用看她,就知道她一脸的黠笑。

菊子没有吱一声,泪花开始在她眼睛里转动,她将朱良搭在她肩上的手挣脱,说:"我想先走了! 也许她想跟你说什么吧?"不容他应声,她已起身跑开了。

这一切太突然了,朱良呆住了,好一阵儿,他才开口问风衣女子:"你到底是谁?"不料,他看见的却是一张空空的长椅,那上面仿佛根本从来没有坐过人。

夜幕终于降临。小路上剩下朱良孤零零一个人。在这天地间,时间凝固了,空间正在逐渐消失。朱良想挪动脚却挪不动;想喊,胸腔内却被压抑得叫不出声来……起了夜风,他感到一阵发冷。

…………

朱良惊醒了,原来是一场梦。他欣喜若狂,菊子就在他的身边,而那一切是一场梦。

此刻,菊子那娇小而白皙的躯体正依偎在他的怀里,她睡得好甜,轻微的鼻息好温馨。

他揉揉眼睛,拔出压在枕下的手,撩开眼前的菊子歪拂在他脸部的头发,几乎呼喊出声来:"你……你到底……是谁?"

夜色中,朱良再次看见那个穿白色风衣的女人,正站在他的门口。她那双看不见的眼睛正狡黠地盯着他,带着一脸不怀好意的笑,不,这不是梦!

他的手冰凉了,摸索着,好不容易找到了床头灯的开关。他终于打开了灯,正要挣扎起身,可他发现浑身没劲。他拼力推开身边的风衣女子,无论如何他不能离开菊子。

菊子也醒了,她梦呓般地说:"怎么啦? 你怎么……开了灯?"

朱良没有回答,他完全醒了,向着门口看去,明亮的灯光下门口贴着一个大红双喜字;门后的衣服吊架上,是一套洁白干净的婚纱。这件婚纱是他和菊子跑遍北京城大大小小的婚纱店,千挑万选才决定买下来的。

菊子的小手在朱良的脸上抚摸着,说:"怎么啦? 你哭了!"

是的。朱良的鼻子一酸,泪水已涌出了眼眶,咸涩的泪珠滴在菊子的面颊上……

一个有预感的男人

崔 立

不知从哪天起,李皮发觉自己像是变了一个人,总会不由自主地有莫名其妙的预感跳出来。比如好端端地坐在办公室里,脑子里就跳出一个预感,家里好像是着火了。

李皮赶紧打电话给待在家里的母亲,母亲接过电话,说:"没有啊。"

再比如,李皮走在大街上时,又突然有了个预感,想到不远处的一条马路,一会儿有几个人在打架。可真正走过去,那里又都很平静,不时有人走过,没有任何打架的迹象。

当然,也不是每一个预感都是失灵的。有好几次,发生的事儿都应验了。因而,这些预感,总莫名其妙地困扰着李皮。

眼瞅着到了谈婚论嫁的年纪,李皮依然是单身一人。他倒不急:"大丈夫何患无妻。"他爸妈就急了,求着七大姑八大姨的,帮他张罗着到处相亲,逼着他去见女孩儿。

见的第一个女孩儿,一开始谈得挺好。坐在有着异国情调的咖啡馆里,美美地品着咖啡,李皮和女孩子聊着天,不时瞅着窗外的美景,倒也其乐融融。

不承想,马路一侧,有一辆车突然和另一辆车撞上了。李皮的脑子里突然又跳出了一个预感,接下去,还会有一辆卡车,为了避让那两辆撞在一起的车子,会朝着咖啡馆的方向驶来,并且刹车失灵。

李皮一想到这,心就慌了,赶紧对女孩儿说:"我们走吧。"

女孩儿不明白:"咖啡刚喝了两口,好端端地干吗要走呢?"

李皮只好把他脑子里跳出来的预感说了,女孩儿半信半疑地跟着李皮走了出去。李皮甚至还告诉咖啡馆的老板,接下去要发生的这个事故。

老板不信,但看李皮一脸认真的神情,又不能不信,顾不得收钱,只好让里面的客人赶紧走。大家一起跑到了咖啡馆的对面,等待着那辆卡车的来临。

但事实上,大家的脖子都伸直了,卡车也没有来。这绝对是一个调皮的恶作剧。

那中年老板娘当场就对李皮发了飙,说:"你这个人怎么这样,你是不是吃饱了没事干哪!"

李皮低着头认错,好不容易解释完,却发现女孩儿早已无影无踪了。

见第二个女孩儿时,李皮特意做了些准备。这次,谈得比第一次还要顺利。李皮陪着女孩儿吃了顿饭,就一起进了电影院。

电影放到半晌,柔情似水的女孩儿就坐在身旁,李皮心头的预感,又跳了出来。一会儿,这个城市会发生一场地震!虽然这个预感未必能成真,但又怎么保证这不是真的呢。李皮犹豫片刻,还是决定带女孩儿离开。毕竟,如果真的地震来了,在这影院里待着,绝对是凶多吉少的。

想到这,李皮赶紧对着女孩儿耳语,说:"咱们快走吧。"

女孩儿同样不明白。

李皮边拉着女孩儿走,边给她解释:"我是有预感的,一向都很准。"

女孩儿陪着李皮来到了一个空旷的地方,那里是最安全的。在那站了好久,都没有任何动静。许多围观的人,像是在看小丑一样地看着他俩。不知何时,女孩儿也不见了。

第三个女孩儿来时,李皮再三告诉自己,再有什么预感,也不能当真了。女孩儿比前两个都漂亮,一笑百媚生。这次,李皮把女孩儿带去了公园。女孩儿把她姐姐的一个六七岁的儿子也带了过来。不远处,是一条河。

李皮看着那里,脑子里又有了预感,这个孩子,接下来会掉下河。河水并不深,但在这寒冷的冬季,也够呛。按理说,孩子离那河是有些距离的,应该不大可能到河边。而且,这么大的孩子,也不会那么容易掉下河啊。李皮看了女孩儿一眼,他本来是想说出自己的预感的。但想到了以前失败的那两次,他忽然就不敢了。然而,孩子真就掉进了河,女孩儿发现了,李皮也发现了,他被自己的预感惊呆了,都忘了去救孩子。女孩儿为李皮的无动于衷而吃惊,瞪了李皮一眼,就跳下了河……

三个女孩儿都告吹了。特别是对于第三次,李皮有些懊恼,又有些沮丧。他甚至在想,为什么上帝要对自己如此不公呢?

李皮一个人躺在床上,闷头睡了一天一夜。醒来后,李皮脑子里,又跳出了一个预感:心里浮现出下一期开的彩票,获大奖的一串数字。

李皮开始没在意。后来一想,反正也花不了几个钱,要不,就去试试?

李皮洗脸,刷牙,又到外面找了家餐馆,美美地吃了一顿。最后,摸着饱饱的肚子,李皮站在了彩票点,要了那串数字的彩票。

开奖结果出来了,李皮在电视机前,看得真是目瞪口呆,特等奖,五千多万哪!即便是去掉百分之二十的税,也还有四千多万!

李皮中大奖的事,不知怎么就被传了出去。

然后,就有李皮见过的第一个、第二个、第三个女孩儿,纷纷找上门,哭着喊着要嫁给他。

缘　分

崔　立

那一年,张山三十二岁。三十二岁不小了,到结婚生孩子的岁数了。张山不急,倒是张山爸妈急了,说:"你咋还不谈,你想我们走时闭不上眼啊。"

无奈,通过介绍,张山认识了一个女孩儿。张山先是看到女孩儿的照片,看了几眼,不是很好看。爸妈说:"去吧,兴许你去了,就看中了呢。"

张山真去了。在公园门口,张山见到了女孩儿。女孩儿三十岁,也老大不小了。

张山说:"你叫什么?"

女孩儿说:"我叫刘诗。"

张山想,好诗意的名字,说:"你的名字真好听。"

刘诗说:"还好。"

张山说:"你是做什么工作的?"

刘诗说:"会计。你呢?"

张山说:"我在一国企上班。"

心底里,张山是看不中女孩儿的。女孩儿的谈吐还行,不急不缓,井井有条,就是丑了点儿。张山想,我是讨媳妇的,娶太丑的老婆会被同学朋友们笑的,还是再看看吧。

话聊了有一个多小时,张山说:"再见。"

刘诗说:"再见。"

然后,两人各自删了对方的电话号码。

过了三年,张山走马观花,还在单着。

张山挂了一家婚姻中介所,中介所老太太给了他一张相片,说:"这个女孩子,漂亮不?"

张山看了,还真漂亮。

老太太说:"想见不?"

张山说:"想。"

张山在一家咖啡馆见到了照片上的女孩儿。张山来得早,坐在座位上,看着女孩儿推开门缓缓走来。张山的心里不住点头,漂亮,真是很漂亮。女孩儿坐了下来。

女孩儿看了张山很久,说:"我好像见过你?"

张山笑笑,说:"是吗?"

女孩儿拍拍脑袋想了好久,说:"你叫张山,对不?"

张山一愣,说:"是啊,你认识我?"

女孩儿说:"你忘记啦,我是刘诗,三年前……"

张山想到了那个刘诗,又摇摇头,说:"刘诗可并不长你这样啊。"

刘诗笑了,说:"忘了跟你说了,我改行了,做了化妆师,你看到的我这张脸,就是化妆的效果。"

张山点着头,说了声:"哦。"话聊了有一个多小时,张山说:"再见。"

刘诗说:"再见。"

然后,两人各自删了对方的电话号码。

又是三年。张山走过路过,孑然一人。张山在网上认识了一个女人,张山偷偷看了女人 QQ 空间里的照片,真正是美若天仙哪。

张山软磨硬泡了好久,女人终于答应见面。张山想,看来我寻寻觅觅,蹉跎着岁月,这个女人应该就是我命中注定的女神了吧。为了体现自己的诚意,张山特地将约会地点定在了一家高档会所。

在会所幽静的环境中,张山静静等待女人的到来。一会儿,女人仰着完美的脸,踩着完美的脚步徐徐走来。

女人在张山面前坐定后,突然惊叫了一声:"呀!"

张山说:"怎么了?"

女人想了想,说:"你是张山?"

张山很惊讶,说:"是啊。"

女人说:"我是刘诗啊,你还记得吗?"

张山拍了拍自己脑袋,说:"你是刘诗,不会不会,你蒙我的吧?"

张山使劲看着女人的脸,说:"你再怎么化妆也不能化成这样吧?我记得,你这里是有颗痣的,还有,那里……再有,我今年三十八了,你比我小两岁,就是三十六了,三十六岁的脸怎么可能是这样的呢。"

女人轻轻笑着,说:"是这样的,我去韩国做了个全套的整容手术,去掉

了痣，我现在三十六岁是这样的脸，就是到了四十六岁、五十六岁还会是这样的脸……"

张山静静地听着，从一开始的错愕一直到慢慢地明白，并且理解。到最后，张山已经不住地点头了。张山不得不佩服这整容术的高超，竟然能击败岁月年华的侵蚀。

不过，能连续这么多年，都遇到不同的刘诗。这算什么？这也太少见了吧。张山至今未娶，刘诗至今未嫁。想想，一个三十八岁，一个三十六岁。真的是不小的年纪了。

不知为何，张山脑子里突然跳出了"缘分"两个字。看着对面的刘诗，张山深情地说："缘分。"

说巧也巧，几乎是在同时，刘诗也在说那两个字。

后来，张山和刘诗处了半个月，就急急忙忙结婚了。

母亲的桥

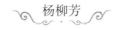
杨柳芳

　　母亲是典型的农村妇女,最拿手的绝活儿就是种菜。

　　还在农村时,虽然家家都种菜,但母亲种的菜是村里数一数二的靓。母亲之所以能把菜种得如此靓,自然有她的秘诀。什么秘诀? 就是:有意栽花花不发,无心插柳柳成荫。其实说俗一点,就是母亲太贪心,摆脱不掉农村妇女的小家子气。她不甘心只种菜,还想种花,她认为菜园光有绿色过于单调,便又在菜园周围撒了一圈花种子,为这一圈花种子能展开笑脸,她着实下了不少功夫,结果却是枉然。好在这番功夫得到了青菜们的青睐,一棵棵都像喝了神水似的,长得绿油油的。

　　我六岁的时候,在城里工作的父亲把母亲和我们三姐妹都迁进了城里。进了城,母亲没了菜园,又没有其他工作可做,就一心一意把我们三姐妹当菜种。说白了,我们其实一直都是她的菜,我们的诞生也应了那句"有意栽花花不发,无心插柳柳成荫"。为什么? 就因为母亲一直想栽个男娃,结果折腾了半天,人家男娃不领她的情,"嘣嘣嘣"地就跳出了三个女娃来。失落呀! 想跳楼的心都有了,可她又不忍心抛夫弃女,只好把我们当菜来种了。

　　实践证明,母亲的小家子气思想是相当根深蒂固的,想必是因了"栽花花不发"的教训,便顿悟出一笔经济账,"栽花"费成本费精力,吃力不讨好,

而"插柳"成本少消耗低，得来全不费功夫。这一想，心里就顺了，也算是捡了个大便宜，那就继续养柳吧。

母亲确实不像其他母亲那样，其他母亲对待女儿不是宠就是严，她对待我们完全就是无视。反正她的意思就是，只要你们能够定时起床，定时上学，定时吃饭，定时睡觉，定时洗衣服，定时看书，那么你们就自由了，而她也因此是自由的了。

是的，把烦琐的教育放进日常规律里，省心省事！这大概就是母亲的"种菜秘诀"吧。她只要抓住了青菜们的特点，什么时候该浇水，什么时候该打虫，心知肚明就可以了。也确实，因了这些定时习惯，她对我们完全可以无视。而我们也在这样的习惯中学成了一种强大的本领——独立自主。

从"无心"插柳至"无视"栽培，我们居然也能茁壮成长起来了，从一粒粒小菜籽变成了一棵棵大青菜，菜高了，房子小了，我们也就结婚了。自从我们各自有了自己的家后，母亲这下子彻底没菜种了。她变得有点儿魂不守舍，甚至有了几分呆傻。

过了两年，母亲实在憋不住了，就在小区里开辟了一块荒地，继续她的种菜生涯，并且能保证自给自足了。当她沾沾自喜地把自己的成果往我们三姐妹一家一户地送时，那一脸的笑容就像二十岁的姑娘一样灿烂！

母亲说："以后，周末都回家吃吃我种的菜吧，绝对的绿色无污染。"

不知是冲着母亲的笑容还是冲着她的青菜，反正一到周末我们三姐妹就会拖儿带女牵婿地回到娘家，吃个其乐融融。

后来想想，母亲在没有菜种的情况下，我们回娘家的频率大约为三个月回一次，虽然在这方面，母亲并没有要求我们什么，但她显然对我们三个月回一次娘家是非常不满的。所以，在后来的吃饭过程中，她不经意间就说了那么一句："要不是有这些绿色蔬菜，我还不知怎么邀请你们回来呢！"

我这才领悟出母亲的用意，她其实就是用她的菜在搭桥，用她的"青菜桥"把我们日渐疏远的关系联系起来。

是的，母亲的"青菜桥"既经济又健康，并且有着强大的功能。最为明显的是，那一次，父亲和母亲吵架了，吵架的原因也正是因为母亲的菜。由于母亲擅自动用小区里的地，结果她的菜在一夜间被物业公司清理掉了。她气呀，想去物业公司理论，结果被父亲拉住了。父亲骂她农村妇女一个，没有见识！父亲的话就是火上浇油，母亲当即气得扭头就往大姐家里跑，她决定要和父亲分居！

没想到的是，和父亲分居一个星期后，母亲又不踏实了，想回去了，却又拉不下脸来，而父亲这人脾气也硬得很，他是不会主动求她回家的。这下子，母亲为难了，吃不香睡不好，最后只好动用我们。我们三姐妹相视一笑，心想：反正都是你种的菜，大不了永久地给你搭座"青菜桥"吧，无所谓啦！

想来，我们这一座"青菜桥"确实是经久不衰的，如今一晃就又过了几十年，从未修补过。七十多岁的母亲自是骄傲的，为这座"桥"，亦为她自己。

午夜情人

杨柳芳

　　地铁像一条疾速的长龙在夜色里穿行。车厢很明亮，小说家就坐在里面，靠着扶杆，斜着脑袋，一副终日沉醉的样子。

　　这是这个情人节最后一班夜班车，过往的人因此而显得格外匆忙。上了谁？下了谁？是男人？是女人？对于小说家来说都是看不见的风景。

　　小说家从小说构思中走出来，是因为对面发出的"哎哟"声。那一声"哎哟"之后，"当啷"的声音又传进他的耳朵里。声音停止之后，发出"哎哟"声的女人开始弯腰向他走来。地板还算干净，即使女人不弯腰也完全可以看到掉在地板上的东西，他看到了，那是一枚硬币。

　　但是小说家并不去注意那枚硬币，他注意的是走过来的女人。女人的腰弯得很低，而她的衣领开得也很低，低得让他一眼就看见了里面两个白晃晃的东西。女人一步步地走近他，最后在他的脚边蹲下来。他挪动一下脚，听到女人说了句，还好没丢。

　　小说家抑制不住自己的情绪，脑海里的小说情节即刻转了个弯。他想，眼下就有一个好题材，一个风情万种的黑衣女人。

　　女人下车的时候，小说家也下了车。女人走进一家"梦幻"酒吧，小说家也跟了进去。女人在一个男人旁坐了下来，小说家则选了一处离男人和女

人最近的位置。位置虽近，但仍然有距离，这段很近的距离，让小说家无法听到他们的声音。酒吧里流淌着的音乐像首迷惑人的情诗，这首情诗把所有声音一点点地融化，包括男人和女人的谈话。

小说家就想，这倒好，可以让他充分发挥想象力，于是他很果断地给小说拟了一个《午夜情人》的名字。

男人的头发有些长，满脸沧桑，很颓废的样子。男人抿了一口酒，露出痛苦的表情。小说家认定那是酒，而且他还断定那是个不会喝酒的男人。他还可能患有某种疾病，与性有关的疾病，否则面对如此一个风情万种的女人，一般男人都不可能会有那样一副表情。

这时，女人说话了，男人点头表示同意。女人就从包里取出一枚硬币，如果没错的话，应该是刚才掉在地铁上的那枚硬币。女人把硬币放在大拇指的红甲上，轻轻往上一弹，硬币瞬时向上飞去，最后落在了桌子上。男人和女人都盯着硬币看，神情凝重。看到结果后，女人露出一丝笑，而男人的表情更加凝重起来。

这回轮到男人说话了。他说了什么？小说家一直在琢磨，他好像在说，就这样了？女人点点头，点得很厉害，男人又说，再来一次，不！两次！男人随之伸出了三个指头，三次过！女人这回开始摇头，摇得很厉害。男人把三个手指头坚定地晃了一下，女人只好又把硬币放在了指甲上。

硬币被第二次抛出去的时候，男人的表情缓和了几秒钟，而女人有些不情愿，努了一下嘴说了什么。

第三次的时候，出了点小差错，女人抛出去的硬币最后落在了小说家的桌子上。女人过来取回硬币，并且向小说家抱歉地笑了笑。这个意外使女人重新把硬币抛了一遍，这一遍之后，男人终于露出了笑容。

女人傻眼了，她说："不算。"这个"不算"说得很大声，让小说家听到了，女人说完"不算"之后，就走过来问小说家，她说："刚才落在你桌子上的硬币是正面的还是反面的？"小说家说："是正面的。"

女人听了就笑,那笑容在小说家看来就是一朵花。

女人走回去,和男人比画了一下。男人看了看小说家,而后也走向他。男人的问题和女人的一样,但是男人问话的方式却和女人的不一样。男人说:"我被一个午夜情人缠上了,刚才那枚硬币决定着我的将来。正面,和她过;反面,和老婆过。你说到底是正面还是反面?"

小说家迟疑了很久,最后吐出一口气,他说:"是反面的。"

男人听了也笑,那笑容在小说家看来像一池涟漪。

小说家适时离开座位,刚走到门口,便听到酒吧的音乐声中不断地掺杂了许多刺耳的声音,这些声音逐渐扩散开来,以至于吧台上的小姐惊叫起来:"嗨!你们这是怎么了?"

小说家走出酒吧,站在酒吧外的拐角处笑,一直笑到家里。

小说家觉得《午夜情人》的结尾很微妙,很人性化。

干大事的人

徐 宁

　　范子曰是我的一个朋友,三十多岁,大学毕业,上了两年班就不上了,说是工作不符合他的喜好和个性,一直赋闲在家。他连媳妇也没有,就一直打着光棍儿。但这人一点儿也不悲观,总带副身居陋室、心忧天下的境界和天降大任于斯人的派头,认为早晚会有轰轰烈烈的大事落在自己头上,闻名世界,富可敌国。他看书很杂,几乎无所不通,所以我愿意和他来往。

　　这天,范子曰又到我这里,说是已经两顿饭没吃,要借一百块钱。

　　他不好意思地说:"借你好几百了,一直没还,心里很不安。"

　　我给了他二百块,说:"根本就没打算让你还。"

　　他说:"这是两个概念,要是要,借是借,借了就得还。你对我情深似海,将来发达了,一定重重报答你。给你买辆汽车吧,你喜欢国产的还是进口的? 轿车还是越野车? 我觉得路虎不错,就买它吧。"

　　我说:"买辆夏利我就知足了。"

　　他说:"那不行,像咱俩这交情,最起码也得奥迪。"

　　我忙岔开话头:"最近忙些什么?"

　　他说:"我有一个伟大的想法,想给国家有关部门写封信,建议用十颗八颗原子弹炸平喜马拉雅山,让印度洋暖湿气流充分南下,让我国的大西北雨

061

量充沛、山清水秀。"

我说："据我所知,这个想法牟其中早在许多年前就有了。"

他一副吃惊的样子:"有人提过? 真是不可思议,英雄所见略同啊! 要不就在十万大山修一道大坝,截断澜沧江,我国是个缺水的国家,怎能让它们白白流进印度河和湄公河?"

我说："人家印度和东南亚找上门来就够你喝一壶了。"

过了两天,他又来了,兴奋地说:"我又有一个划时代的发现!"

我问什么发现,他先不说,侃侃而论道:"我国耕地只有 1 亿公顷,而且因为沙漠化、过度开发逐年减少,将来人口再增长,子孙后代早晚有一天会吃不上饭。我经常为此彻夜难眠,头发一把一把地掉。"

我说："依你看应该怎么办?"

他走到窗前,很有诗意地说:"我发现了一个巨大的资源——屋顶。按十四亿人人均十平方米计算,总面积就达一百四十亿平方米,如果加上工厂和其他公共建筑,五百亿平方米都不止,至少折合一亿亩。如果用来种地,按亩产八百斤算,每年会增加粮食八百亿斤,可以满足四亿人一年的口粮。我又给国家有关部门写了信,建议开发屋顶。国家应该颁布法律,一律禁止盖瓦房或尖顶房,屋顶一律归国家所有。屋顶上面加盖种植土,承包给专门机构。"

我说："屋顶上种地很费劲的,尤其是那种高层建筑。"

他说："可以用索道把屋顶连起来啊,或者开发一种小型直升机。"

我说："如果真的实行了,空中到处都是人,又是一道亮丽的风景线。"

又过了几天,他又有了新的设想:"我想建议国家有关部门,沿西气东输的管道再建一条输水管道,直径最少一米,四根捆绑,从天津或秦皇岛抽取海水,经过若干提级站,把水送到干旱的西北地区。利用黄土高原的自然沟壑修建大坝,形成人工的地中海。"

我提醒说："海水是咸的,不能直接利用。"

他说:"海水是不能直接用于灌溉,但可以形成水汽变成甘霖。"

我说:"想法不错,至少想去地中海旅游不用出国了,西北人吃盐也不用到沿海来买了。"

有段时间,他深居简出,足不出户。我打电话问,他说正埋头研究雾霾治理,研制设计一种烟囱和汽车排气管口罩,用了丝网过滤、静电吸尘和喷水洗涤等原理。

他说:"既然我们不能以牺牲发展的办法过度扼杀工业和消费,唯有给排霾的出口戴上拦截罩。"

我问口罩大约什么样。

他说:"比如汽车吧,就是把消音器进一步改造。"

他蛮有信心地说:"这个拦霾设施一旦成功,空气中不会再有 PM2.5,顶多也就 PM0.5。"

我说:"千万先给我家油烟机安一个。"

从那以后,我很长时间没见过他。直到有天派出所打来电话,让我去领人。到了那儿一看,范子曰肯定挨了打,眼窝乌青,鼻子淌血。

问他犯了什么错,干警说:"在喜宴上混吃混喝,让人家发现了。"

范子曰插话说:"什么叫混吃混喝? 现在人们红白事大操大办,菜摆了一桌子,哪个吃得完? 所谓惜物就是惜福,我这是帮他们积德,也是贯彻中央号召的节俭精神。"

警察说他可以走了,他说:"难道人就白打了? 我要起诉。"

警察于是转而说服那些打人的,赔了他几百块钱。

走出派出所,我问:"你是不是经常这么混吃混喝?"

他得意地说:"这是我新找的饭门。"

我说:"你一个大学生,传出去多没面子。"

他说:"位卑未敢忘忧国。为社会风气好转,继承中华节俭传统,即使个人名义受损,虽百折而不悔也。"

风尚·为了不被梦想纠缠

为了不被梦想纠缠

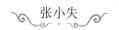

张小失

　　他在七十二小时前脱下脏兮兮的工作服，离开餐馆，去一家私立学校进修美术专业。老师看见他的时候，感觉他与一般学生不同，特别是手，太粗糙，不像握画笔的，就淡淡地问了句。

　　他坦然相告："我这手握了三年炒菜勺，之前还在建筑工地搬过两年砖头，再往前还在家乡使过三年锄头。"

　　老师有些惊讶，没有进一步提出疑问，倒是旁边的几个同学在偷笑。

　　课程开始后，他听得非常认真，每次画静物、写生，他都是那么卖力、那么专注、那么投入。搞艺术的学生原本都有些浪漫性格，嘻嘻哈哈的，唯独他一板一眼，浑身没有一点"艺术味道"。虽然他在同学中年龄最大，可是因为憨厚朴实，常有调皮的家伙跟他捣蛋，取笑他，欺负他。他也不生气，通常就是咧嘴笑笑而已。

　　半年后的一天，一个家住本市的少年喝酒回来，在教室里发酒疯。他看见了，过去劝。那少年不理睬，居然抓起一只调色盘扣在他头上。他愣在那里，颜料从头发上淌下来，流到脸上、脖子上、衣服上……他听见全教室一片哄笑。

　　忽然，他震怒了："混账东西！真以为老子好欺负是吗？"

说着，他也抓起一只调色盘，狠狠地打在少年脸上，少年应声而倒，额头撞在桌子上，流血了。教室里一片安静。少年默默地爬起来，满脸乱七八糟的颜色，鼻子好像也在流血。教室里仍然一片安静。

"好小子，你等着！"少年说。他再次震怒，一把揪住少年的衣领："还敢威胁我！"

他甩手一巴掌，打得那少年直踉跄，靠在墙边不敢再说话。

他指着那少年："滚出去！"

少年乖乖地出去了。

老师进来的时候，发现情况有异，就询问。没人敢说话。他坐在那里也不说话。老师点名问他怎么回事，他就把刚才的事简单陈述。老师皱皱眉，便开始讲课。

快下课的时候，挨揍的少年回来了，身边跟着个汉子。"砰"的一声，少年踹开教室门，吓了老师和学生们一大跳。

"出来！"少年指着他怒吼。他在座位上轻蔑地瞥少年一眼，纹丝不动。

"爸，就是他！"少年指着他说。

那个父亲满脸怒气，杀机暗伏，但口气却轻松："你，出来一下。"他依然不动。

老师挡在教室门口，劝解，却没有人在乎他。

少年大骂："你这个乡巴佬儿！本是个扛锄头的、搬砖头的、炒菜的，在这里坐着，人模狗样——给我滚出来！"

他站起身，手上拎着个凳子，边向门口走边说："你不要再侮辱我，你和你爹都不是我的对手，我并不想打架，但是如果躲不过，我也不怕！"

他指着少年的父亲："你生了这么个劣种，还好意思跟他到学校来丢脸！"

他猛地举起凳子，逼近门口……所有的人都倒吸一口凉气，但是，他又一转身，走上讲台："告诉大家，也许我真的不配学画画，但是，我小时候的确

有个梦想，就是当画家。长大后，我没条件念书，只好在家干农活儿。为了多挣钱，又到城里打工，搬砖头、做厨师。其实按我这年龄，在村子里早该结婚了，可我宁愿得罪父母，也要把攒下的钱拿来学习画画。我知道我失败的可能性占百分之九十九，但我还是要学到底——就是为了使自己死了这条心，否则，我会被当画家的梦想纠缠一辈子！"

少年愕然，父亲赧然，老师和同学们默然……

包装时代

阿　社

　　我愈来愈觉得,这年头,头顶上没些名衔、荣誉称号实在是很难混。像我这样的实力派,不就是对种种虚名不屑一顾吗?可是,在很多人眼里却矮了一大截儿。更让我愤愤不平的是,后起之秀咄咄逼人的架势,让我产生了前所未有的危机感。

　　当我把这个苦恼告诉给我的朋友阿社时,阿社哈哈大笑,说:"人靠衣装马靠鞍,你也该包装包装了。"

　　我说:"以我现在的地位,我还需要包装吗?"

067

阿社说:"当然需要,酒香不怕巷子深的年代已经过去了,你这瓶老酒也是时候换换新瓶子了。"

我说:"看来,我是落伍了。"

阿社说:"让我来包装你吧,保证让你声名大振。"

我心动了。我说:"你有什么思路呢?"

阿社说:"当前出名的捷径就是骂名人。你是小名人,就挑个大名人来骂吧。这可是成本低、见效快的包装手段。"

我连忙摆摆手,说:"这可使不得。"

阿社哈哈大笑说:"骂,可是一门艺术,学术之骂,可分为君子对骂型、泼妇骂街型、疯狗乱咬型,等等,因人而异。我会结合你的性格和特点,给你设计开骂的对象和开骂的策略,以及在对骂过程中的各种应急预案。"

我说:"我有家有室,我可不想为了出名惹上官司。"

阿社说:"你还记得张三吗?"

我说:"这小子,怎么能不记得他呢? 乳臭未干,竟敢在网上炮轰我。"

阿社说:"你没发现吗,他骂了你后,名气一路飙升。"

我说:"如果不是后来我不再跟他一般见识,我非把他批得体无完肤不可! 还有,他见我不跟他争论了,最后狗急跳墙,骂人,揭隐私,还对我人身攻击,我差点儿就把他告到法院去!"

阿社笑了:"兄台,在商言商,说出来你可不要生气,张三是我一手帮他包装的。"

我目瞪口呆,既而勃然大怒:"你竟然帮人家来拆我的台! 像张三之流的套路,我是不干的!"

说完我拂袖而去。

接下来的日子里,争名夺利的事情不时困扰着我。特别是最近单位评先进,更是令我饱受煎熬。本来这次评先进,以我的业绩与声名,那可是探囊取物。可是令人想不到的是半路突然杀出一个李四。这个李四平时不声不响，关键时刻四处造势，随手一抖，不是 N 市十大精英，就是最具人气业界年度人物。最后，领导也云里雾里的，把非我莫属的先进给了他。

这件事对我触动很大。我突然发现，经过了这件事后，我不仅不再对阿社心存怨恨，还特别想念他。

朋友毕竟是朋友，阿社在我最需要安慰的时候找我来了。我紧紧握住阿社的手："兄弟，看来没有包装是不行啊！"

阿社眯着眼说："武的不行，那就来文的吗！我给你扣上几顶高帽子吧，就像你的同事李四……"

"李四？"我愤然起身，指着阿社问，"难道李四也是你给包装的？"

阿社双手一摊，说："这有什么不妥？"

我欲哭无泪，我说："你害死我了！"

阿社说："兄弟，N 市十大精英算什么？以你今天的成就与地位，我可以把你包装成全国精英。"

我慷慨激昂："就凭李四那三脚猫的水平能当上 N 市十大精英，我就是上全球华人榜也不为过啊！"

阿社看到我的情绪终于给调动起来了，无比兴奋地说："包装是一个系统的工程，我们会借助网络的优势，结合其他媒介，辅以各种活动，把你打造成为一个大师级人物。"

就这样，阿社开始对我进行全方位、立体式的包装。首先，阿社在他的网站搞了一个全球华人业界精英一百人的评选活动，我的排名虽然有点儿靠后，但是你想想，榜上都有哪些人物？李时珍、蔡伦、袁隆平、杨振宁等，这叫"托"！紧接着，关于我的报道在网络和本地媒体上狂轰滥炸。

不出所料，开始有人尊称我为大师了。我很受用，心里飘飘然。但飘飘然过后，我又有点儿诚惶诚恐的感觉。

阿社看穿了我的心事，对我说："做我们这一行，也讲售后服务，请你谈谈把你包装成为大师后需要我们跟进的问题吧。"

我说:"我不踏实啊!平时有人叫我老师,我都觉得受之有愧,何况是大师啊!"

"呵呵,这是角色转变后的一种正常的心理反应,我们有专门的心理辅导。"阿社一下子就抓住了症结所在,接着,便娓娓道来,"大师这个称谓真的给你带来了压力吗?在这个包装的时代,你要懂得减压,你要这么想,'大'比'老'还低一个等级呢,就像人,是先从'大人'然后才成为'老人'的,所以人家叫你大师时,你要想,这比叫你老师还低一个等级呢,所以,你应该泰然处之……"

我豁然开朗,那种飘飘然的感觉又来了。我说:"在大师面前,你怎么就喋喋不休,没完没了呢?"

看到我不可一世的眼神,阿社却松了一口气。

阿社说:"这就对了,请大师付包装费吧!"

爱

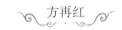

方再红

当于心亮知道应小兰和王明加好上时,内心是极度忧伤的。

这个散发着幽兰般芬芳气质的女孩儿,他第一眼见到,心就被掏走了。他想,应小兰就是那个能陪他一起走到老的人。只是,尽管内心激流涌动,表面上,他却静如止水。在应小兰面前,从来不曾表露。

王明加是他的发小,从穿开裆裤时他们就一起玩。王明加在机关上班,工作清闲,没事就来找他玩。自从应小兰来公司后,王明加来他们公司的频率更高了。

突然有一天,王明加对于心亮说:"我爱上应小兰了。"于心亮心里一惊,嘴上却说:"好,好,应小兰是个好姑娘。"

又过了一段日子,王明加又对于心亮说:"我已向应小兰表白,应小兰点头接受了。"于心亮的心像被鞭子抽了一般痛,但仍说:"好,好,祝福你们。"

王明加和应小兰结婚的那一天,于心亮喝得酩酊大醉。

婚后的应小兰更加清新美丽,那乖巧甜美的笑展示着生活的幸福和爱情的甜蜜。望着恩爱有加的小两口,于心亮心里五味杂陈。不久,他辞掉工作,远走他乡。

一年后,心绪渐渐平静了的于心亮回家探亲,却意外得知王明加和应小

兰离婚了。原因是应小兰忍受不了王明加对她的一次暴打，提出了离婚。

这怎么可能？于心亮去找王明加。

门外，于心亮怒气冲冲地喊："王明加！"

听到喊声，王明加从里屋跑出来，打开门见是于心亮，伸过手来捶他："臭小子，这一年你跑哪儿去了？连个电话都不留。怎么，一年不见，一回来就这么大的火气？"

"废话少说，我问你，应小兰呢？"

"她走了。"王明加的目
光黯淡下来，他说他实在忍受
不了小兰的小心眼、坏脾气，
不管什么事，动不动就发火，
一不顺意她就没完没了。一
次，在她和他又发火后，他没
忍住就动手狠狠地打了她。

"你怎么能忍心动手打
她？女人是用来疼的，不是用
来打的！"于心亮狠狠地甩掉

王明加放在他肩膀上的手，头也不回地走了。

身后王明加甩来一句："别站着说话不腰疼，嫁给你试试。"

经过打听，于心亮找到了应小兰的新住处。于心亮的到来让应小兰很意外。

"你怎么来了？"说着应小兰的眼圈突然就红了，她低下了头。

望着自己朝思暮想的心爱女人痛苦的样子，于心亮心里难受极了。

"命吧。"应小兰轻轻地叹了口气。

"小兰，以后让我来照顾你，好吗？一年前因为我的懦弱而错失了你，现在老天又把你推到了我面前，我再也不想失去你了。"

应小兰怔怔地望着于心亮，这个不善言语的男人，此番的突然表白让她

有些措手不及。其实从进公司的那天起，高大帅气的于心亮就引起过她的注意，他话语不多，处事沉稳，是那种让女人有安全感的男人。但于心亮总是一副拒人于千里之外的表情，最后她的心被炽热如火的王明加所俘，并嫁给了他。

现在，这个男人竟然在她被另一个男人抛弃后突然向她求爱，这巨大的幸福让她晕眩，她失声痛哭。

不久，他俩举行了一场简朴的婚礼。婚后的日子非常甜蜜。应小兰把家打理得井井有条，于心亮对应小兰很体贴，对她呵护有加。

偶尔应小兰也会发脾气，比如于心亮回家晚了，应小兰会不高兴，嘟着嘴裹着被侧身而睡，一晚上不理他；有时她跟于心亮说话，说了几声于心亮没听到，她也生气，嘟着嘴，事后他一定得花几倍的时间去哄她。

刚开始，于心亮看她为一点儿小事鼓腮瞪眼觉得很可爱，毕竟是自己深爱的女人嘛。

可时间久了，于心亮也渐渐地厌烦起来。

那天，他在网上打牌，因为和对家配合得很愉快，对家突然发了个拥抱过来，刚好一边的应小兰看到，问："她是谁？"

于心亮说："我怎么知道？"

"人家都拥抱你了，你还不知道？"

于心亮说："你用点儿脑子好不好？这是网络，人家是男是女我还不知道呢。再说，发个拥抱又能怎的？这也值得生气吗？"

"对，我没有脑子，你嫌我了是不是？那你和抱你的人去过好了。"说着说着，应小兰的眼泪又下来了。

"不可理喻！"于心亮真想扇应小兰一个大嘴巴，但还是冷静下来。于心亮"啪"地关掉电脑，他这次也没有像以往那样哄她，而是气呼呼地甩门而出。

走在街上，冷飕飕的寒风刀刃一样刮着脸。于心亮想起王明加那句话——"别站着说话不腰疼，嫁给你试试"。

搜　索

薛培政

　　当年经常乔装打扮深入敌占区、侦察敌情的侦察英雄毕老爷子,进入耄耋之年后,却越来越犯嘀咕:如今的年轻人是咋了,怎么一个个都像我当年一样,变成侦察兵了?

　　瞧那一个个的神情,或行走在下班、放学的路上,或坐在书房的电脑前,或围坐在周末家庭聚餐的餐桌上,个个眼睛瞪得直勾勾的,旁若无人地摆弄着手机和平板电脑,手指在触摸屏上来回滑动,所有注意力都集中在手中发亮的方寸屏幕。有时居然如醉如痴,神秘兮兮,偶尔嘴里蹦出个词来,竟是他当年常用的行话:搜索!

　　搜索? 搜什么——每每至此,老爷子总是不解地摇摇头。

　　当明白了这"搜索"的用意后,老爷子却认真起来:"搜索、搜索,遇事不用心思考,不加分析和判断,一味图省事靠搜索,吃惯了别人嚼过的馍,将来是要吃大亏的!"

　　世上的事就这么邪,老爷子的一席话竟一语成谶。那是夏日一个周末的夜晚,一场百年不遇的破坏力极强的飓风突袭了毕老爷子所在的 C 市,所到之处树倒屋毁,境内互联网干线受损严重,造成网络瘫痪。瞬间,C 市成为一座信息孤岛。

次日清晨，习惯了上网的"网虫"们，望着手机或电脑显示屏上出现的"无网络"或"无法显示该网页"等文字，一个个像是被飓风吹傻了眼，顿时陷入了茫然不知所措的状态……

"这可怎么办？我的老天爷啊，这可怎么办哪?!"毕老爷子的孙子、某局机关综合科科长毕生华，急得抓耳挠腮，在书房里踱来踱去，呼天抢地直跺脚。

头天下班前，他接到局长从省城打来的电话，授命尽快撰写一篇利用新能源解决大气污染问题的汇报稿，急等着向省厅主管部门汇报以便争取资金。本来昨晚就该加班的，谁料刚拟出题目，尚未上网搜索资料，一铁哥们就像中了大奖似的打来电话，说晚上要与一位从省城来的通天人物的亲戚共进晚餐。作为市里确定的后备干部，他做梦都想遇见贵人，便匆匆赶了过去，因多贪了几杯酒，加班的事自然就泡汤了。

本想次日早早起床赶写，谁料却上不去网了。从上大学起，他就有了"网瘾"。一旦遇到不会的问题，只要开机上网搜索，一切信息便手到擒来。如此这般，总能妙笔生花，把各类材料写得头头是道。就是凭着这一能耐，他成了历任局领导御用的"笔杆子"，并担任了局综合科科长。随着阅历的增长，他竟越来越离不开网上"搜索"了。此时，在这个家里，郁闷、沮丧的远不止他一个人。作为一家合资公司主管会计的毕生华之妻，本来要在这天

通过网上将报表发给集团的,结果网络瘫痪了,她也急得直冒冷汗,因为这天是当月报表的最后期限。

还有他刚上小学三年级的儿子,正在为造句找不到合适的句子而愁眉苦脸。要是在以往,他准会问妈妈,若是妈妈说不出时,就会告诉他:"上网搜索一下。"然而,飓风的出现,也让这个认为"搜索"无所不能的孩子,知道了网络也有"逃课"的时候。

在这个四世同堂的家庭里,唯有八十多岁的毕老爷子泰然自若,对晚辈们那一个个焦虑的面孔不屑一顾。"怎么,没有网络了,就办不成事了? 我看这网络偶尔停一停也不是坏事,人留着脑子长期不用是会变笨的!"

望着大家不解的样子,老人继续说道:"搜索、搜索,不能事事都靠搜索。就像我当年搞侦察一样,获取敌人的情报除了靠搜索,还要实地侦察一遍,甚至几遍,否则情报一旦有误,那是要打败仗死人的。现在的网络虽是个好东西,但不能处处都靠'搜索',该记的东西还要用脑子记!"说完,老人不由地又回忆起那炮火连天当侦察兵的岁月……

六十多年前,刚满十八岁的他,已在解放战争的战场上当了两年侦察兵了。起初,他走村串巷探听敌情,一次情报有误,差点被团参谋长罚去喂马。

"不入虎穴焉得虎子。"侦察科长告诉他。

此后,他便经常苦练侦察本领。当过放羊娃的他,虽然没有进过学堂,记忆力却出奇的好,侦察一圈回来后,就能指着地图口述敌军事目标的位置及行动路线,就连多少个碉堡,分别部署在什么位置,到达敌人阵地要经过哪些沟沟坎坎、村村落落,需要多长时间,等等,他都能说得头头是道,点滴不漏。无论白天晚上,对东南西北方位的判断,也丝毫不差,就连在一旁一边听他口述,一边在地图上标识敌方工事设置的参谋人员,也都对这个小个子侦察兵刮目相看,他也因此落了个"活地图"的美称。

"其实,我的脑子也不灵光,关键是咱没有学问,就要笨鸟先飞,人家是用笔记,我是用脑记。再说打仗是要死人的,怎敢马虎?"

也许是老人的经历让大家受到启迪，也许晚辈们感到老人说的在理，或许是这场飓风让他们长了记性，从那往后，毕老爷子就发现晚辈们在业余时间有了些许变化，孙子毕生华不再沉湎于电脑上的游戏，又捡起了记笔记的习惯；孙媳也不再玩"偷菜"、打升级、上淘宝网；就连一向做数学题习惯用计算器、语文造句靠搜索的小重孙，也主动放下了计算器，还经常背诵一些好词好句。很少再听到晚辈们张嘴合嘴使用"搜索"这个词了。

乡医·都市·祛虚火

薛培政

在太平镇上行医多年的乡医尤二伯，晚年被儿女们接到了省会商都市。要说尤二伯在乡下辛苦了大半辈子，这回该享清福了，可他总也闲不住。

尤二伯十六岁开始在药房当学徒，师承当地坊间多个名老中医，一辈子没离开过病人，久而久之，病人就成了他的亲人。每次外出，他最想去的地方就是医院。看到穿白大褂的人进进出出，尤二伯立马就像换了个人似的，眼也不花了，耳朵也不聋了，手脚也感到活泛了许多。

爱往医院跑的尤二伯，眼神总离不开病人的脸，看得多了，就发现城里人普遍阴虚火旺。从表面上看，患者的病多因内火旺盛引发，常伴有牙龈肿痛、口舌生疮、双目红肿等症状；且城里人娇气，偶有不适就去挂吊瓶，连医院的走廊都加满了床位，就像是给手机充电，一人身上吊着一根打点滴的皮管，呆滞得就像霜打了的茄子。

若往深处端详，就会发现城里人焦虑过多——求学焦虑、就业焦虑、买房焦虑、养老焦虑……这焦虑多了就容易生怨，胸中怨气积累久了，就像那咻咻啦啦往外喷气的高压锅，倘若无处释放，随时就会爆炸。

就在刚才那个路口，也就一袋烟的工夫，走在街上的尤二伯，便目睹了两起因情绪失控导致互相谩骂甚至大打出手的过激行为。

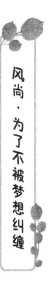

"咦——多大个事啊，犯得着吗？这城里人不愁吃，不愁穿，出门就坐车，上楼乘电梯，再不济也能挤个公交车或骑电动车，比咱乡下人拉着架子车，脸朝黄土背朝天，一滴汗珠摔八瓣滋润多了，哪来这么大的火气?"尤二伯纳闷地直摇头。

毕竟是当过多年的中医，讲究的是望闻问切。从此，他就像着了迷一样，由表及里地探究城里人爱上火的病因。

几个月下来，他便号准了城里人虚火上升的病根。

先是居住出了问题。到处林立的高楼，比乡下园子里栽的树还稠密;住在城里的人上班下班、上学放学、交往应酬、吃饭睡觉，都被高高地挂在楼上那格子里，就像鸟儿被关进了笼子，能不感到憋屈?

再是饮食搭配失调。中原地区少雨干燥，饮食素以平和口味为主，配以稀饭和面汤。一日三餐最常见的吃法是面条、馍、菜、汤，且做菜讲究五味调和，口味适中。可如今饮食风味没有了地界，火锅、烧烤、麻辣烫在中原各城比比皆是，无菜不麻辣，越吃越上瘾，犹如火上浇油，导致虚火愈发上升。

三是睡眠违背了规律。中医讲究"春夏养阳，秋冬养阴"，强调早睡早起。可如今的城里人，尤其是那年轻人，个个成了夜猫子，上网聊天、狂欢到凌晨是常事，生活无规律导致伤肝，伤肾，又伤神。

还有那交通堵塞、住房紧张、环境污染、生态破坏等，哪一样看了不让人心焦上火?就连唱个《小苹果》，还"火、火、火"地没个完。

治病救人是医生的天职。观察已久的乡村医生尤二伯，下决心要为城里人祛"虚火"。

经过一番精心考察，他看中了儿子在都市北郊建的那大片生态园及旁边那座倒闭的厂房。

听罢尤二伯的打算，起初儿女们没有一个赞成的:"接您来城里本是让您来享清福的，再说咱也不缺那几个钱花，咋能让您再揽下这么大个苦差事?"

尤二伯费尽口舌,难以征得儿女们的同意,便气呼呼地执意要回乡下。儿女们见老父亲主意已定,便个个回心转意,出资的出资、出力的出力帮着忙活开了。

经过对旧厂房重新改造装修之后,一座以食疗为主打、兼做心理治疗的平和坊开张了。

平和坊坐落在生态园一隅,这里绿树成荫,环境幽静,空气清新,是祛"虚火"的绝好之地。

饱受折磨的城里人,听说城边开了一家平和坊后,都抱着试试看的心态,前来投石问路探个究竟。

只见尤二伯"把脉会诊"后,便开始对症下药。

他开出的第一张处方是"逛"。让来者先在生态园内步行观赏生态农业和自然景观,通过休闲垂钓、赏花观景、种植蔬菜、游园品果等活动,满足体验自然、回归自然的心理需求,使其在舒畅而惬意的环境中忘却平日的喧嚣,让心情逐步平静下来。

第二张处方是"吃"。逛罢生态园后,就到了吃饭的时辰。坊内饭菜全由劈柴地锅烧制,正宗的农家饭特色。饭菜全部现场制作,菜肴无论荤素,都是原汁原味,清而不淡,香而不腻。各种食材和原料,均从山区农产品合作社定点采购,是真正的绿色食品。尤其是那用芦苇根、白茅草根、蒲公英根熬制的三根汤,喝了清咽利喉,是祛火的良药。

第三张处方是"自选"项目,可练书法,可对弈,可品茗,可听戏,可与心理咨询师对话。总之,目的就是放松自我,给烦躁的心灵一个安放之地。

这三张处方综合施治,功效自然见好。本是抱着寻医问药的心态来此的人们,结果走出平和坊后,一个个顿觉神清气爽,脚步轻松,窝在胸中的块垒烟消云散,人也感到强健了许多。

于是,平和坊开业的消息没出几日便传遍了商都市的大街小巷,来此体验的顾客络绎不绝,且来了就不想走,走了还想再来,一来二往便成了"回头客"。

有人见生意如此红火,便劝尤二伯涨价经营,却被他断然拒绝:"咱当初就是为给人祛虚火,才开的这家平和坊,怎么刚把别人的虚火治下去,自己的虚火倒升上来了?"

平和坊开业快三年了,依然保持货真价廉、保本经营的初衷。据说最低每人花二十元就可享受全天的休闲、茶水、娱乐和农家饭。至今,火爆的场面依然如初。

37 摄氏度的情感

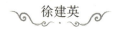

徐建英

人的正常体温是 37 摄氏度左右,温暖而不让人失去理智。这是护士周星星很早就懂的理儿。

周星星想见刘德华,这个想法从中学时第一次听《忘情水》就冒了出来。之后很多年,《天意》《练习》《我恨我痴心》等歌曲,连同刘德华迷人的笑脸陪同周星星走过萌动的青春期,然后她按照父母设计好的路线,和同院的医生杨小安走进婚姻的琐碎。

只是想见刘德华的想法,却随着时间的推移,像野草一样周身蔓延。

想见刘德华,就必须去香港。周星星把这个想法再一次讲给杨小安听时,杨小安的眼睛停在显示屏上,许久,终于转身望向周星星,说:"幼稚! 还在幼稚!"

杨小安不同意,周星星就泄气了。

想到计划又将落空,周星星感到无比失落,心头的野草在锅碗瓢盆中就散出了浓烈的腐味。终于,杨小安在这股腐味引发的不适中升起了白旗。

按照早前八卦杂志收集到的消息,周星星落机到香港后就直奔九龙,然后进商城买了套价格不菲的衣服。另外,她特意租车去了趟卡顿,做了一个很时髦的发型,这才去了多加利山。虽然周星星并不知刘德华寓所的准确方位,但周星星打量着自己的装扮,还是很自信地踩着高跟鞋上了多加利山找刘德华。

多加利山寓所的保安听到周星星要拜访刘德华,很温和对她笑笑,说:"刘德华此时不在多加利山,您上他的影视公司去找吧。"周星星一拍脑袋:对啊,人家是大明星,大明星该多忙啊!这大白天怎能在寓所呢?

好在周星星的功课做得很足,一早就打听到刘德华的天幕影视公司,不,是已更改成映艺娱乐的影视公司,一路打车向观塘奔去,一咬牙,高价住进了富利广场附近的酒店。

映艺娱乐很气派。只是到门口时,周星星又被保安拦住了。听说周星星找刘德华,保安很礼貌地问:"您预约了吗?"

周星星又一次拍着脑袋:"对啊,人家是大明星,多忙啊,谁见都见吗?怎能不预约呢?"随即又自嘲地笑出来:"我一个内地来的小护士,怎么预约?"

那么,守吧! 古人守在树旁都能捡到兔子,巧明街也就巴掌大,守个人不是难事。

周星星的钱包一天比一天瘪下去时,杨小安打来电话,提醒她该回去了。此时的周星星已在多加利山和映艺娱乐轮守了一个星期。听到周星星沮丧的声音,杨小安就善意地提醒:要不你去星光大道……

星光大道? 那只是一个标志性的地牌而已,周星星不待杨小安说完,就气呼呼地关了手机。

三天后,头发凌乱的周星星坐在酒店一侧的花坛旁,捏着手中不多的几张港币,重重地叹气。

星光大道上,刘德华两只清晰硕大的掌印嵌在路面上。周星星蹲在刘德华的掌印边,细细地端详着地板上的掌印,轻轻地摸着,然后小心地伸出她的右手,放入地上的掌印中。冰凉的地板上,她感觉到刘德华的体温离她越来越近。有一瞬间,她看到这双手拿着话筒,对着她唱《忘情水》,一遍又

一遍……

　　不知何时,天上下起了细雨,一条有力的臂膀拥住她。抬起头时,周星星看到了刘德华洋溢着笑脸站在她面前,她身子一软,靠在来找她的杨小安身上。

　　酒店中,周星星小心地抬起那只似乎还存有刘德华温度的右手,一次又一次地用纸巾小心包裹着,复又散开纸巾,把几天没洗的右手仔细地擦了擦,随后取出腋窝下那支杨小安从内地随身带来的温度计。

　　体温停留在 37 摄氏度!

　　不知听谁说过,情感类同体温。或许是吧!周星星突然想笑,却轻轻倚进了杨小安怀中。

年关岁末

徐建英

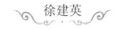

摩托车灯刺破漆黑的村庄小道,卷起一路尘土,停在一座农家小院门前。

何水清刚取下头盔时,娘"咄咄"的脚步声就迎了出来。随后"嘎吱"一声,小院的铁门在娘手中拉开了一条缝,不等何水清发问,娘又帮着他支下车脚垫,退后又向前一发力,摩托车倏地滑向了小院中。

爹坐在堂屋前吧嗒吧嗒地吸着旱烟,烟和过往一样,一袅一袅地绕着,打了个转儿后又旋成一道道细细的烟圈。何水清松了口气,爹就好这口自家产的烟叶子。烟杆儿一直是爹的心头肉,今儿的烟雾,节奏还是过往那几出。看来爹是好着呢。

爹在椅脚上磕了磕烟杆灰,手指头又小心地伸向烟窝儿戳了戳,话头跟着也开始稠了起来。

爹还是习惯性地把年头到年尾的事儿倒豆子般叙一遍,末了他说:"我和你娘就是想你了,想和你唠唠话儿。知道这年关来了,你审计局的工作忙,若不说是我病了,兴许你也不见得回一趟。"

想着春种秋收,爹从指不上他这独生儿子帮忙。逢年过节的,他也是做客般匆匆忙忙。想到此,何水清眼一热,感觉眼角痒痒的,忙蹲下身子上前

撮了一撮烟丝,殷勤地从爹手上拿过烟杆说:"忙过这阵,我一早预计着回来一趟看看你和娘。"又摸了摸泛黄的新烟杆子,何水清突然问:"爹,你几时换了新烟杆?"

"小伍今儿一早捎来的,烟杆儿还说是纯铜的哩。这小伍也真上心,你从小到大的同学论桌儿地数,谁也不及那小伍识礼数,懂情义。春耕秋收,都当上大主任的人了,还是常来咱家帮这帮那的。上次来送冬柴时,瞧见你爹的烟杆儿豁了口,特地请五金厂的师傅打了一杆铜的。"娘在一旁接过嘴道。

何水清摸着烟杆子沉吟半晌,默默地对着烟杆儿一撮一撮地摁烟丝,摁着摁着,烟丝纷纷飞了一地。到何水清醒悟过来时,发现爹紧盯着他看,忙不迭地帮爹点上火,看了看还在絮絮叨叨地说着话的娘,又望了望吧嗒吧嗒地默默吸着旱烟的爹。他悄悄地退出了堂屋。

年终的审查工作刚开始,他就接到了举报,伍思源负责的城市中心花园财政资金收支有问题,施工上也有不少的疑点。这中心花园本是政府斥资打造的中心公园,给老百姓提供的城市休闲花园。这几日,他正犹豫着,要不要着手调查此事、怎么样来查这事。娘就来电话说,爹病了。

院子里的柴垛此时高高地码着,足够娘和爹燃上两个冬的。从他去外地上大学起,在本城上大学的高中同学伍思源就帮着他照顾着爹和娘,感激的话他在心里说了不下八百次。这次的事,只要他稍动一点手脚,伍思源就能平安过去。只是,城市公园从此会遭人唾弃。而他的心中,也会从此多了一处阴影。想到此,他倚在柴垛上,重重地叹了口气。

不知几时起,爹捧着一个鼓鼓囊囊的塑料袋踅了过来。

爹说:"唠也唠过了。你工作忙,还是趁黑回吧,明儿还得继续上班呢。你娘备了些辣椒干子,都是你爱吃的。这些个辣椒干子啊,别看着土里土气的,冬天里佐上菜,吃一吃,人热乎着,脑子也更清醒呢。"

爹动手把鼓鼓囊囊的塑料袋在摩托车后座捆扎好,又自言自语地唠开了:"这人啊,明眼看得到的,指不定就是真的。那包着裹着的,保不准就没人知道。天黑了,路上小心些。得空了,记得回家看看我和你娘。"

何水清轻轻地推过摩托车,车灯又一次刺破漆黑的村庄小道,向城里驶去。

坎坷的土路上车一颤,屁股被戳得生痛。猛记起,他自幼就不爱吃辣椒干子,爹怎能就忘了呢?赶忙停下车,塑料袋被解开的那一瞬,他怔了——辣椒干子上,一包细碎的散票被扎着,五元,十元,五十,一百的面值都有。爹那把崭新的"铜"烟杆也露了出来,在车灯的照耀下,泛着刺目的金色釉光。

爹的话在耳边又响了起来,何水清再次摸了摸辣椒干子,一股暖意涌上心头。他跨上车,轻松地向县城驶去。

毛一刀

王秋珍

毛一刀，真名毛英雄。

　　毛英雄一出生就担负着父亲毛土根的英雄梦。自小，他就喜欢扛着一把父亲削的木刀走天涯。当然，小英雄的天涯就是毛家村。毛家村的东南边有一个山坡。山坡上的土有黏性，晴天走上去，软软的；雨天走上去，黏黏的。山坡上长满了杂草，牛筋草、婆婆纳、猪殃殃、鸡骨草，还有金樱子。长满刺的金樱子仰着宝葫芦一样的脑袋，俨然一个个狼牙棒。小英雄挥着木刀砍向狼牙棒，一下，再一下。跃起，挥舞，就像真正的英雄。

　　说来也怪，毛英雄看到书上的字，头就会变大。初中毕业他读了技校，从此爱上了雕刻。先是在萝卜上刻,后来在泥巴上刻,在木头上刻。他的白钢刻刀,是父亲专门为他挑的,锋利小巧,被他当宝贝一样收藏。高二时,他的一幅木雕作品《金樱子》还获得了省一等奖。据说,人家要刻好几刀的图案,他一刀就能完成。

从此,同学们当面背后都喜欢叫他毛一刀。

毕业后,毛一刀进了木雕厂。一次偶然的机会,有人和他说起了砖雕,他一听就痴了。他的眼前,闪现出毛家村的山坡,山坡上有黏黏的泥和那个扛着木刀的少年。

"你疯了吗?你在木雕厂做得好好的,折腾什么呀?再说,这点小山坡有什么好承包的?"毛一刀把自己考察后的决定告诉了父亲。毛土根吹着几根稀稀落落的胡子,瞪起了并不大的眼睛。

"爸,您就让儿子搏一回吧。是驴是马,不遛遛,怎么知道?"毛一刀说。

几个月后,山坡上建起了一个小小的窑。那些黏黏的土,成了砖雕的原料。在泥坯脱水干燥到一定程度时,毛一刀会雕刻上梅兰竹菊石榴荷花等图案。这雕刻,说来容易,其实复杂。大样出来后,毛一刀用切、勾、削、剔等手法对泥块精雕细刻,勾勒出图案的深浅层次、明暗关系,再对细部进行加工,磨光粗糙之处。选土、制泥、制模、脱坯、凉坯、入窑、看火、上水、出窑,每一道工序,毛一刀都不敢怠慢。他整日整夜地守在窑上,原本明亮有神的眼睛下,冒出了眼袋,像横着长的金樱子。

砖雕最难把握的是火候与放水。毛一刀请了有三十五年烧窑经验的师傅。他认真记录相关技术参数,不断地分析总结,全方位地了解各种因素对成品的影响。烧制用"大火",热窑用"小火",一天后转为"中火"。慢慢地毛一刀也能像师傅一样,根据火焰的方向、颜色倾听燃烧的声音,决定是添加还是减少燃料。成品烧制完成后要封窑、放水,让自来水与泥里的化学物质发生反应,才会形成砖雕特有的青灰色。放水的速度与节奏决定了作品的成败。毛一刀一一闯过难关,只是眼袋更大了。

青砖雕的市场越来越好，来毛家村小窑的人越来越多，毛一刀却突然宣布要"闭关修炼"。

"你疯了吗？你折腾什么呀？你和钱过不去吗？"父亲毛土根又一次地吹胡子瞪眼。只是，他知道儿子的脾气，胡子吹的不过是一个形式。

毛一刀消失了半年。

半年后，他怀揣中国美院的雕塑艺术结业证书回来了。

某公司负责人慕名找上他，给了他一张大单子，说只要做好，那钱可是用斗装的。众人都眼馋他，说他有了这"一刀"的本事，一辈子享不完富贵了。

可是，毛一刀又一次让众人惊掉了下巴。他婉拒了大单子，一个人跑山西去了。

原来，他听说有一座明朝正德年间的古建筑需要修复，可是，几班人马都没能把它修复出理想效果。毛一刀拿来一块块不同的残雕，找来黏土修复观摩。即使吃饭、睡觉，他脑海里盘旋的依然是明朝的砖雕特点。

砖雕技术分堆塑和砖刻，对应着加法和减法。毛一刀琢磨出了道道，将两者巧妙结合，慢慢地修复出了味道。有几位艺人敬佩他的才德，天天跟在后面观摩学习。

从山西凯旋后，毛一刀病了。连续几个月的修复工作，消耗了他太多的心力。可是，当家乡人邀请他修复古建筑时，他二话没说就出发了。遇到资金困难，他还果断地把自己的存款掏了出来。

有人问他："您这样做图的是什么呀？"

"砖雕会呼吸，有灵魂。古建筑的砖雕修复非常有意义。"毛一刀说这话时，正用手温柔地抚摸着青砖，像金樱子一样的眼袋似乎在跳舞。

小城一隅

聂兰锋

男人和女人刚刚坐好,男人就看见了男孩儿:背着音箱,抱着吉他,正穿行在夏夜的烧烤城。

男人就向男孩儿招了手。

男孩儿过来了,站在男人和女人的桌边,安静,大方。

"大哥,点歌吗?"男孩儿递给男人一张歌单。男孩儿的声音轻轻的,很温和。男人看了一下歌单,接着递给对面的女人。女人看了一下歌单,又仰起头看男孩儿:极其清新的发型,白白净净的脸,谦和里带着刚毅。男孩儿背着音箱,抱着吉他,嘴巴前方翘着话筒。

这时候女人觉得男孩儿是流动的 KTV,小包间,刚开业的那种,干净,舒适,透着真诚与自信。

"《大哥》。"女人轻轻把歌单放在桌子上。

男孩儿点点头,微笑一下,礼貌而谦卑。男孩儿将背上的音箱卸在脚边,不知按了哪里的电钮,他的吉他和音箱就闪烁起来。

"不怕工作汗流浃背,不怕生活尝尽苦水,回头只有一回,而思念只有你的笑靥,放了真心在我胸前,盼望一天你会看见,我是真的改变,但没有脸来要求你等一个未知天……"

声音浑厚略带沙哑，音准的把握极其专业。女人和男人对视了一下，惊讶于这声音发自这单薄的身体，和他说话时的温和有着天壤之别。

"再唱一次，还是《大哥》吧。"女人说。

男孩儿又点点头，微笑一下，礼貌而谦卑。

"……只恨自己爱冒险，强扮英雄的无谓，伤了心的诺言到了哪天才会复原，我不做大哥好多年我，不爱冰冷的床沿，不要逼我想念，不要逼我流泪，我会翻脸，我不做大哥好多年，我只想好好爱一回，时光不能倒退，人生不能后悔，爱你在明天……"

男孩儿唱了四遍《大哥》。

女人问男孩儿如何收费，男孩儿说一支歌十块，唱够一百块就收工。

这时候男人从兜里拿出两百元，放在桌子上，用一只茶杯压住一角，并示意男孩儿坐下。

在男孩儿离开这里之前，男人女人与男孩儿聊天。

男孩儿十八岁，这是他大学的第一个暑假，不愿意回家，家长生意忙。男孩儿把爸妈叫作家长，是因为他不愿管继母叫妈妈。男孩儿有女朋友，女朋友家里有个继父，她不愿回家，但也不愿和他出来唱歌。女朋友说男孩儿只知道唱歌，连"三国杀"都不会玩儿，无聊透了，简直就是凉白开。于是两人分手。男孩儿还唱他的歌，女朋友仍玩儿她的"三国杀"，很着迷，游戏里有"乐不思蜀"的牌，他觉得女朋友就是那张牌。

男孩儿说女朋友在他心里，并没有走远，他自信有一天女朋友的"三国杀"玩累了，还会回头，还能和他一起走下去。毕竟他们都是音乐学院的高才生，毕竟"三国杀"只是一个游戏，毕竟彼此都付出过感情。男孩儿说他最痛恨的词是朝三暮四，最痛恨的人是朝三暮四的人。

男孩儿不愿意这个词从他嘴里说出来，男孩儿用"什么三什么四"代替。男孩儿的嘴是唱好听的歌的。

男孩儿离开了。那两百元仍在，夏夜的风吹起它的另一角。

这时候，女人有了心事。女人出门的时候儿子正在复习功课，高中阶段的最后一个暑假够他忙的。

这时候，男人也有了心事。男人的女儿，暑假后要到另一个城市读大学。出门的时候男人告诉女儿，如果行程来得及，他会赶到女儿即将就读的大学看一看。

女人离开家的时候，说去外市参加同学会，晚上不回。

男人离开家的时候，说单位派他出差，返程时间不定。

男人坐了十九个小时的火车，终于坐在女人面前。女人选了露天烧烤城，男人说挺好的。小城的夏夜烟雾缭绕。男人用一个纸袋给女人带来一包酸梅。男人取出一颗送到女人嘴边，女人吃了，所有的味蕾被刺激，口水流到女人的嘴角。

"太酸了。"女人说，"不吃了。"

男人笑了，男人说："吃第一颗酸，再吃就好多了。"

风尚·为了不被梦想纠缠

女人边擦口水边摆手，再也不吃了。

接下来他们就不知道说什么了。

他们在网上一个聊天室认识，聊得热火朝天。在他们设置的众多见面情形中，谁也没想到会是这样。

幸亏唱歌的男孩儿来了。现在唱歌的男孩儿要离开了，他说回去还有功课要做。男孩儿将音箱熟练地背上，像背一个双肩包。

男人和女人挥挥手，目送着男孩儿。男孩儿也挥挥手，墨绿的 T 恤衫、发白的牛仔裤、淡色的板鞋，在男人和女人的视线里越来越模糊，像一首歌的尾音，慢慢远去。

女人不愿意再次陷进无语里。女人说我也该回了。男人说好。女人没有问男人怎么住宿的，尽管露天烧烤摊儿的后面"如家""七天"，还有"都市118"的招牌，亲切得像家人。

男人和女人就要离开的时候听见了汽车的喇叭声，短短的，只一下。他们一齐看去，是男孩儿！男孩儿驾驶着汽车，微笑着，礼貌而谦卑，从他们身边驶过。

男人和女人都看到了，那是一辆奥迪 Q7。

一根葱

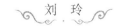

刘 玲

基本上是小惠一个人说，我在听。

"他电话里告诉我，早上六点下火车，再转大巴，到家大概是八点，要我在家里等。打电话的时候已经是午夜，我几乎一夜没睡，半夜看了好几次手机，生怕错过他的信息。当我得知他没有买到卧铺，要站一夜，那种心疼的感觉，只在儿子身上有过。我爱他。

"早上，我提前送儿子到幼儿园，开始为迎接他做准备。他喜欢喝茶，喜欢泡脚，喜欢听歌。今天，我当然更用心一些，因为他从千里之外回来，风尘仆仆，又坐了一夜的车，我能不用心吗？

"我知道，你对我这种做法很不屑，看不得我在他面前的这种卑微，我也没办法。我甚至为他买了两斤牛肉来炖，因为他说过，他喜欢吃炖牛肉。你也知道，我不擅厨艺，炖牛肉对我来说，不亚于当年

的数学函数。更主要的是,炖牛肉要用很长时间,我们在一起,很少能耳鬓厮磨至炖熟一锅牛肉。就是说,每次都是掐着时间,很匆忙,尽量在有限的时间做一些很相爱的事。奢侈地把时间用来吃饭,很少有过。

"你不要撇嘴,知道你寒碜我。

"我刚刚说到哪儿了?哦,炖牛肉。买的时候,人家不给切,为此,我又买了一把刀,专门切牛肉的刀。买完菜回到家,我就忙着上网查询西红柿炖牛肉的做法,我查了几十种,我只能做最简单的一种,为此感到很对不起他。

"还没开始炖的时候,他来了,一脸倦意。我轻轻地靠过去。他顺势揽着我,感觉自己就是等他回家的小媳妇,这种感觉要在恰当的时候加上我的幻想才会出现。每当两个人很有气氛,要有这种感觉的时候,他就会设法提醒我注意。他甚至跟我讨论过足球场上的'越位',越位的时候,他负责吹哨子。

"我警告你,请你看在多年好姐妹的情谊上,不要再用这种一边嘴角翘起来冷笑的方式对待我,你知不知道这很打击我。你再这样,我不说了。"

我甚至不用收起对她的嘲笑,小惠又接着说了。

"他享受了热水澡、中药泡脚、菊花茶。然后我带他到厨房看我的作品,雪白米饭,牛肉和作料像艺术品一样摆在案头。他没有想象中的惊喜,愣了一下,神情有些游离,这让我心头一冷。他每次要走又不好意思说出口时就是这种表情。每当他有这种眼神时,我都会善解人意地说,快走吧。

"我让他看炖牛肉的调料,意思就是告诉他,我觉得他今天会在这里待的时间长一些,所以我准备做这道菜。难道不是这样吗?家里一定不知道你回来了,是不是可以放纵一次时间。

"他不仅恍惚,而且开始不安,走来走去,翻动着案上的作料。突然,他问,怎么没有葱?我一愣,是啊,忘记了。他说,没有葱怎么炖牛肉?顿了顿又说,这样吧,牛肉就别炖了,简单炒个菜就行了。然后又说,不行,没有葱炒出来的菜没味道,要不就吃泡面吧,现在就开始泡,快点儿,我饿了。

　　"这时候,他的电话响了,他抬头看看我。我没有像往常那样识趣地走开。他接起来,说,一会儿就到家。估计对方追着问具体的时间,他说一小时后。你知道吗? 这个时候我的表情和你一样。他是通知了家里的,对我,只是打了一个擦边球——给我的这一小时可能加给晚点的火车了。

　　"他仍在说,哪怕只有一根葱,这顿饭就能做,少了这根葱就可惜了这些牛肉了,还是不吃饭了吧。他说到这根葱的时候,语气并不遗憾,而是,如释重负。我相信,即使真的有葱,他也会找出另外一种短缺的作料,一种可有可无的作料。

　　"结果,又跟平时一样,我们在一起做了'相爱'的事。他很投入。我以为我的表情会让他收敛这份兴致。到后来,我也很尽兴。这一个小时,不就是为了这种效果吗? 和他在一起,再怎么着,终极效果总要是那样的画面,像一部电影名字——《看起来很美》。他一定也这样想,看起来很美。

　　"我在他面前从来没有哭过,如果哭,我会觉得对不起他,因为他会有负担,我想让他觉得我是个没有要求的女人。

　　"你知道吗? 他走了以后,我当真顶着烈日到街上买葱了,为什么不自己好好吃一顿呢? 因为已经过了买菜的时间,我跑了好几个路口找菜摊儿。我穿着睡衣,急急地走着。谁会想到我这个讲究的女人这样失态地奔走,是为了买到一根葱呢? 买到以后回家,我用刚买的刀剁啊剁,剁得案板都起痕了,边剁边……"

　　"流泪了吧?"我接了一句。

　　"谁剁葱不流泪呀?"小惠转脸看着窗外。

一百万

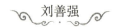

刘善强

老刘在平阳路卖彩票十几年,为人实诚,热心善良,可就是记性有点儿差。

自打老刘接手这投注站开始,老王就已经就是这里的老彩民了,老刘和老王也就这样成了朋友。这老王,是平阳路卖煎饼果子的,有个独生子叫大宝,可这个大宝不大孝顺,有了车有了房娶了媳妇就忘了老王,让老王一人住在棚户区的小屋里。老王心里又难受又懊悔,当年媳妇儿难产,医生问他保大还是保小,他想都没想就说保小的,用老王自己的话说,落得今天这个下场,都是报应,活该!

老王每次买了彩票,总是对老刘说:"你就瞧好儿吧!"

老刘则回他一句:"我天天都瞧好儿!"

老王是在用生命买彩票,他又是个急性子,每次等待开奖期间,他就心神不宁,草木皆兵,像是热锅上的蚂蚁。开奖后要能中个七块八块的,他就如打了鸡血一般,左邻右舍,奔走相告。一分不中时,号啕痛哭,捶胸顿足。清醒后怒发冲冠,骂老天瞎眼,一气之下撕了彩票,然后一个人在家里喝闷酒、发牢骚。待时间一长,气也慢慢消了,又萌发买彩票之心,便怀揣一颗比火还热的心奔向投注站,可老刘的投注站就像开在南极,每次开奖后,老王的心便碎成一地冰碴子。

最近发生的一件事,彻底伤了老王的心。

那是秋天的一个早晨,露水还未褪去,太阳刚从地平线上伸了一个懒腰,麻雀早已耐不住寂寞,跳到树上看起了热闹。老刘打着哈欠,揉了揉眼睛,打开店门,一屁股坐在沙发上,开始等老王来。不一会儿,老王就乐呵呵地来了,看了看兑奖平台,又看了看手中的彩票,立刻呆住了,着了魔般,颤抖着说:"咦……中了,我中了!"

老刘点上一支烟,头也没抬,嘟囔道:"中了,中了瓶酱油吧!"

"不不不,中了一百……万,一百万呢!"老刘一听,烟都从嘴里滑了出来,赶忙从老王手中抢过彩票,看了一遍,揉了揉眼睛,又看了一遍,掐了自己一下,是真的,没做梦。没料想老王往后一趔跌倒,牙关紧闭,不省人事了。老刘见状,急得不得了,赶紧掐了老王的人中,叫了救护车。路上,给大宝打了个电话,告诉了他这件事。

急救室外,老刘坐着急等,这座位就跟热锅似的,烫得他难受。大宝跟他媳妇儿不一会儿就拎着大包小包赶来了,一见面,大宝就问:"一百万呢,不,不是,我爸呢?"

"正抢救呢。"老刘斜瞅着大宝。

"那彩票呢?"大宝媳妇问道。

老刘刚要把彩票掏出来,转念一想,又说:"彩票在我这儿,你爸嘱咐我要好好保存,不能交给任何人。"

"刘叔,我是他儿子,给我吧。"大宝上前递了一支烟。

"不行,你爸既然叮嘱我了,那我就要讲诚信。"老刘态度坚决。

"刘叔……"

急救室的门开了,老王被推出来,一见老刘就喊:"老刘,我的彩票呢?我的彩票呢?"

"在这儿呢,在这儿呢。"老刘赶忙递给他,老王深深地松了口气,大宝跟

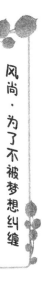

风尚·为了不被梦想纠缠

媳妇愣是干瞪眼。

病房里,老王打着点滴,大宝来到跟前献殷勤:"爸,这是盖中盖,补钙的,一口气上五楼,不费劲。"

"爸,这是脑白金,补脑的,花了大宝不少钱呢。"大宝媳妇凑到跟前。

"爸,这是黄金搭档……"

老刘在一旁笑道:"这俩孩子是搞推销啊,还是做广告啊?"

大宝媳妇白他一眼,老刘再也没说什么。

"爸,等出院了回家住吧,家里宽敞。"大宝说。

"对!爸,回家住吧。"大宝媳妇附和道。

"行!出了院回家住,儿子终于知道孝顺了,我也该享享福咯。"老王高兴地说道。

"爸,那彩票……"大宝媳妇说。

"对了,老刘,彩票给你,你帮我把钱兑出来。"老王兴高采烈地说。

老刘接过彩票,大宝媳妇赶紧给大宝使了个眼色,大宝忙凑到老刘跟前。老刘一动不动,只是盯着彩票发呆,眉头渐渐皱起来,好像在想什么事。

"刘叔,想什么呢?"大宝笑嘻嘻地说。

老刘没动静,眉头皱得更紧了。

"刘叔……"大宝拿手在老刘眼前晃了晃。

老刘突然想到什么,把彩票往下一甩:"瞧我这记性!老王头,你没中奖,这是上一期的中奖号码,我今早起来忘了更新了。"

"什么?"老王的脸突然煞白,眼睛一翻,两腿一伸,又昏死过去。

大宝和大宝媳妇将老刘围住,要问清楚咋回事儿。

…………

待到老王醒来,他发现老刘正坐在他旁边。

"儿子跟媳妇呢?"老王问。

"有事走了。"

"那些东西呢?"

"也给带走了。"

"你手里拿的什么?"老王指着老刘手中的两张纸问。

"哎呀,差点忘了,有一张是大宝留给你的……"

"留的什么?"老王眼里闪出光芒。

"嗯……"老刘想了好一会儿,三个字颤抖着从嘴里蹦出,"药费单。"

老王叹了口气,低下了头。

老刘把另一张纸递了过来,老王用颤抖的手接住,原来是那张彩票,老王抬起头瞪大了眼问道:"留着有啥用?"

"整整一百万!"老刘缓缓地说。

洗 手

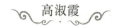
高淑霞

曹婶站在青花瓷洗手盆前,望着镜中的纤细手指,无奈地笑笑:"唉! 一个月了,这双手让女主人折腾得好苦啊!"镜中仿佛闪出女主人漂亮的小脸,"怎么,不服气吗? 就知道你们这些北京人心高,心高有什么用? 心高没钱,照样当用人! 唉,你也真笨,洗个手还得反复教!"

女主人很高傲。住别墅,开豪车,出入会馆,和阔太太们出国购物打牌喝茶,是该骄傲啊!

骄傲的女主人生活讲究,穿衣服一定要大牌;喝咖啡一定要自己磨;洗衣服必须用手搓,再投洗六遍;洗菜要先洗两遍,再泡三十分钟,然后洗五遍。

曹婶提醒女主人,泡三十分钟,农药就会渗到菜里面了。

女主人撇撇嘴,说:"你懂什么? 没文化!"

曹婶有时候感觉女主人太浅薄,浅薄得有些可笑。那次女主人端着刚煮的咖啡,冲曹婶显摆着:"这咖啡必须现煮现喝,透过袅袅的水雾,翻看过往,苦涩的生活就变成了另一番模样。"天啊! 她那矫揉造作的模样差点让曹婶吐了。曹婶真想提醒她:"喝咖啡时不能用小勺舀着喝,那小勺是搅拌咖啡用的。搅动完,要把小勺放在碟子上。"话到嘴边,又咽了回去。她不想扫了这个凄苦女孩的兴。

　　是的,在曹婶眼里,女主人挺凄苦的。她生在湖北的一个山村,靠自己的努力考上了大学,打工赚钱完成了学业。为了给妈妈治病和供两个弟弟上学,她当了二奶。这些都是女主人喝醉时对她说的。她一想起女主人瞪着血红的眼睛声嘶力竭地叫喊:"我是二奶,二奶!连生孩子的权利都没有啊!"一切怒气就烟消云散了,可昨天女主人真把曹婶气坏了。

　　昨天,曹婶在卫生间搞卫生,女主人走了进去,劈头就喊:"怎么回事,我说了多少遍,一是要洒'84',你就是不听。这臭味,熏死人啦!"

　　曹婶说:"洒了,我早晨洒过了!"

　　"早上洒了,就行吗? 洒三遍,每天必须洒三遍!"

　　"'84'用多了有毒,会污染室内空气。"

　　"什么? '84'有毒? 医院成天用'84',我也没听说过有毒!"

　　"那是医院,什么都得有个度,这么小的空间,'84'用到一定量,人体就会中毒。"

　　"什么? 度! 你知道什么是度啊?"女主人急了,心想一个用人也跟她讲什么"度",臭显摆是吧? 她指着曹婶的鼻子嚷道:"你们这些下岗工人,穷了吧唧,还挺清高。不就是想显摆你是北京人吗? 还有,你说这么小的空间。哼,这么豪华大气的卫生间,你见过几个? 小?"女主人耸耸肩,一摊手,"这还算小,哼,没见识!"女主人一摔门走了。

　　走了也没解气,女主人转了一圈又回到卫生间,沉着脸说:"过两天,就到月底了,月底我多给你点钱,你走吧!"

　　曹婶接过话:"你不用多给我钱,付我一个月的工资就行了。"她正想走呢,她的手早就抗议了,她一辈子也没干过这么多活啊!

　　曹婶洗完手,对着镜子里的自己笑笑,扯下镜子旁边那张女主人专门贴上去的洗手八项规则,走出卫生间。

　　女主人站在二楼阳台上,看着曹婶远去的背影,竟有些失落,信步走到

一楼的用人房,看到桌上放着那张"洗手八项规则",她笑了。笑刚爬到嘴角又缩了回去,她看到了旁边的书:"哼,用人还看书!"她拿起书翻看,"啊,白冰,曹婶是女作家白冰?"

是的,作者照片虽然看起来年轻时尚,但那眉眼,那嘴角的笑是曹婶特有的,也是一直让女主人不舒服的。

书里夹着一张纸,纸上写道:你好,我是白冰,知道你在网上看我的长篇连载,很高兴。送你一本我早期的作品,希望你喜欢。不用奇怪,我的下一部小说,需要一些用人的素材,所以我来到了你家,谢谢你给我的一切!

女主人愣了,呆呆地站立着……

西 餐

黄红卫

夏天,老周基本不穿上衣,仅穿一条花格裤衩。裤衩像灯笼,两条腿像麻秆。老周不介意,光脚穿皮鞋跑得虎虎生风。他说,凉快!待天气真的凉快时,他的外套是件格子反穿衣,后面系带子的,家庭主妇几乎人手一件的那种。但老周的老婆不穿,他穿。

老周住一楼，经过十来阶楼梯就到了楼下。老周喜欢端着饭碗在楼下边吃边转悠。一般情况下，碗里没有美味佳肴，难得吃一回红烧鸡块。吃红烧鸡块的时候，老周边咂嘴巴边说上当了，不是正宗土鸡。

鸡是老周自己杀的，放在楼下空地上，热水瓶、脸盆、剪刀撒了一地，鸡一挣扎，声势就大了，就有人围观了。有人说现在的鸡都是菜场杀好拎回来的。老周大着嗓门回应："宰不起，三元钱，能买两块豆腐呢！"

有段时间，老周养鸡，等鸡开始下蛋时，禽流感来袭，弄得大家看见鸡像看见了特务。老周想把鸡藏着掖着'潜伏'起来，但十几只鸡不比十几个人，连啼带鸣的。后来，不知哪个怕死鬼把老周给举报了。老周留下三只，杀好了放在冰箱里，其余活口全部转移到他当年插队的乡下。禽流感退散后，老周去看望鸡，收容他养的鸡的老乡把鸡蛋如数交给了老周，并请老周放心：就像鱼儿戏水，鸡理应无拘无束漫步于广阔天地。

老周吃得最多的是咸菜包子。他一手拿几个，一个接一个地往嘴巴里塞。包子是他做的，咸菜是他腌的，腌咸菜的菜是他亲手栽种的。刚搬过来时，老周就瞄准楼下公共绿地，开垦出一大片菜地。芹菜、韭菜、空心菜、菠菜、小葱、大蒜……应有尽有，除了自足，还分送给楼里邻居。邻居们知道老周不容易，不分送也没意见。社区不买账，总要跑过来干涉。老周说："你们瞧瞧，东西南北的绿地全荒芜了，就剩这片菜地绿意盎然。你们看丝瓜花、扁豆花开得多美，蜂啊蝶的都赶过来了！"逼急了，老周想出一计，间植枇杷树、枣树、蜡梅、月季、菊花、美人蕉……一折腾，还真热闹得像个花园。

老周五十岁那年从纺织厂下岗，一同下岗的还有老婆。那时，儿子正好考上大学，而且是名牌大学。双方兄弟姐妹不看僧面看佛面，安排四个老人给老周夫妇赡养，退休金及房产统统归老周。

老周自己的生存危机解决了，老人却一个接一个地倒下。老周买来几张躺椅，风和日丽的天气搬到楼下，然后把老人一个个背下去或者抱下去，老人新鲜空气吸够了精神也就好了，精神好了就看老周的"花园"，看"花园"

里忙碌的老周,看累了再吃老周递过来的咸菜包子。夜晚,老周睡在老人房间里,端痰盂倒开水,数年没睡上一个安稳觉。最后一位老人寿终正寝的那年,儿子硕士毕业。老周看着温文尔雅、言行举止截然不同于自己的儿子,感觉所有的苦没白吃,龇牙咧嘴地乐,脸涨得绯红,红得像菜园里的"太阳花"。

"鸡窝里活脱脱飞出一只金凤凰!"吃过他菜的人这么说着,也算回报了老周。

前些时日,已挂了副教授头衔的儿子终于谈了女朋友。六十五岁的老周喜上眉梢,他做梦都在想着带孙子呢。老周对儿子说:"把女朋友带回来,喜欢吃什么我来做。"老周翻出咸菜,准备做咸菜包子——周家了不起的祖传绝活儿——让首次登门的未来儿媳品尝,具有历史意义。

三天后,儿子有了回应:"星期天女朋友过来,她喜欢吃西餐。"

老周一头雾水。他只在电视里见过外国人或有钱人一手拿刀一手拿叉的累赘样,却从来没想过在自家的饭桌上也要上演这一幕。

儿子说:"人家留过洋,习惯了西餐。"

老周问:"西餐怎么弄?"

儿子笑:"大同小异,煮法不同,叫法不同,吃法不同。比如牛排、沙拉、披萨什么的。"

牛排? 沙拉? 披萨?

老周想,这回遇到真麻烦了,儿媳习惯吃西餐,那未来的孙子呢?

电梯间

嘉 男

在这繁忙的写字楼里,哪里才是清静处呢?

没人的电梯间!

这是丁小乐在同事兼球友老海跳楼自杀后的第二天偶然发现的。

老海是头一天夜里从这二十二层高楼的楼顶跳下的,第二天来这大楼上班的人们全都震惊了,从一层到二十二层,都在议论老海,彼此用费解的目光和语言,探寻着老海跳楼的真相。丁小乐当时浑身发凉,胸口有什么东西揪成了团儿,他一心想找个地方静一静,可无论是办公室还是走廊里,到处都是喧嚣,弥漫着不安的气氛。他钻进电梯,打算到顶楼去静一会儿,可是通向顶楼的梯口已经被封死了,他突然想起刚才上来的时候电梯里只有他一个人,里面很安静。于是,他又回到空空的电梯,按下数字"1"。顺心的是,电梯一直没有被截住,他就这样一个人,不被打扰地静默了一段垂直的时间。

他就这样发现了电梯间的妙处。

已经一个星期了,他仍是不能从那种周身发冷、胸腔堵塞的感觉中走出来。

老海自杀的原因已经有了一个明确而统一的说法—— 抑郁症。但是,没有人相信。人们感到费解，因为老海整天笑眯眯的，似乎天生就没脾气。开始，丁小乐也不相信，他动不动就坐在椅子上发呆，他和老海经常在一起打乒乓球，从不知老海有什么烦恼，这样的人怎么能得抑郁症呢？现在，丁小乐开始相信了。人都是多面的。就像他，给同事们的印象就是整天闷头干活儿，不争不抢，没有牢骚和怨言，谁会知道他喜欢一个人的电梯间呢？谁知道他在里面做什么呢？

电梯间可真是一个值得利用的地方，只要它是一个人的空间。下班的时候，外出办事的时候，只要碰巧一个人独享这个小空间，丁小乐就抓紧这片刻的工夫，做一些自己喜欢的事。

现在，既不是下班时间，也没有公事需要外出，但丁小乐经过一阵紧张的忙碌后，又开始想念电梯间了。别人累了都去接一杯水喝，他却向电梯走去。

太好了,电梯里一个人也没有。这里才称得上是世外桃源。早晨,上来的人虽然有模有样,却呼出刺鼻的大蒜味和咸菜味儿;中午呢,很多男人都没有好样儿了,不是还没从午觉的迷糊中醒过来,就是满脸通红,嘴里喷着酒气。这两种时候,塞满了人的电梯比办公室里还糟。丁小乐不好意思皱眉头,就偷偷地屏住呼吸。要是电梯里人太少,少到只有两个人,也令人不自在。最糟的也有两种情况,一种是电梯里只有他和一个时髦女郎,他会心脏狂跳,手脚找不到合适的地方摆放;另一种是电梯里只有他和公司老总,他跟老总打过招呼后,就不知说什么好了。老总板着的脸,让他感觉几十秒或几分钟的行程是那样漫长,他只想逃。

一个人独乘电梯的时候,是最自由自在的时候。丁小乐按下最顶层的按钮,这样他有更多的时间来放松自己。对他来说,三十年的人生不算曲折,压力可也不轻。他刚刚还清大学时的学费贷款,正为找老婆发愁呢。他买不起房子,性格又内向,做事循规蹈矩,如今的女孩儿不喜欢这种类型的男人。不过,最让他感到疲惫的还是生存,在这幢大楼里,每个人都是暗中的敌人,为竞争一个好职位明争暗斗,每个人都忙得喘不上来气,脸上灰不溜秋的。

电梯的门一关上,丁小乐就笑了。他活动了一下四肢,仿佛是在做一项运动的热身准备,接着他开始拳打脚踢,可以看作对武打动作的模仿,也可以看作他在对头脑里的敌人施暴。他并不总是这一套,如果时间短,就只做几下鬼脸,放松一下脸上的肌肉。有时,他会跳几个街舞动作。不管做什么,他都注意着电梯的指示灯,以便电梯一停,自己能及时恢复常态。所以,他一次也没有被别人发现过。他是个再正常不过的人,正常得没有什么特点。只有他自己认为自己比同事老海要聪明一些,自杀不是真正的解脱,这世道越来越复杂,谁不是在为生存、为俗事杂事而疲于奔命,一刻不得安宁?谁有能力跟环境对抗?人只能调节自己。电梯间就是他发现的一个因地制宜的好地方,在这里,他通过自己的方式,获得了片刻的喘息。

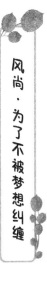

丁小乐抬头瞟一眼指示灯，用力把脚踢上头顶，却差一点儿摔倒，因为电梯突然剧烈地晃了一下，停止不动了。刚好在最顶层。

电梯里黑得像无限的宇宙。

怎么回事？恐怖分子袭击了大楼吧？他在黑暗中站着，听着自己的呼吸。但他没有慌张，谛听着外面的动静。很快，有人来拍电梯的门了。

"有人吗？里面有人吗？"

"有。"丁小乐大声回答，他得让人知道这一点。

外面的人安慰他："别怕，是停电了，一会儿就好了。"

丁小乐又笑了。真的不用怕，不就是没电了吗？早晚会来的，这是多好的放松机会！不用担心电梯在哪一层又上来人，看到他这个样子会吓一跳。这段时间，他想干什么就干什么，也不用抬头看指示灯了。

可惜，这个时间不是很长，也就几分钟吧。电梯里忽然恢复了尘世的光亮，门哗啦一声开了。外面的人惊愕地看着电梯里的丁小乐。

那时候，他正在倒立。

官塘鱼痴

王建刚

　　我在官塘休闲中心附近遛弯儿时，发现了一个奇怪的人。疑惑过后，我只是打听到了他的名字叫马六甲，其他的信息一无所知。据说，他是一个不善言语的孤独老头。

　　大老远就能听到拖鞋的趿拉声，一听到那声音就知道那个上着褪色海魂衫、下穿蓝色大裤衩的瘦干巴老头马六甲来了。马六甲来时，手里保准拎着几条白鲢、草鱼。温泉小镇门口，早有老少爷们恭候多时。

　　老马辛苦了。几声寒暄过后，人们自觉地站成一队，由老马从头到尾像检阅部队一样发鱼。不问价钱，按照先来后到的顺序，每人一条尽管拿走，分不到的下次优先。看到这里，我不禁心花怒放：天地间还有这样的好事？这个其貌不扬的糟老头，让我动了心。于是，今天我早早来到这里。我不是来这里等鱼的，我是在等马六甲。我不认识他，所以很想了解他。写小说的人都这样，对一些莫名其妙的人和事非常敏感。于是，在鱼尽人散后，我跟着马六甲亦步亦趋地走了。

　　马六甲在前边低头走着。他的腰身有些弯，黑白各占一半的长发稀疏地飘在脑后。穿过温泉小镇花园一样的别墅洋房，一条小路把我带到了万泉河景观长廊，来不及多想，我随着马六甲一起登上了停靠在码头的游艇，这时发现游艇上坐满了说说笑笑的垂钓人。显然马六甲和他们相识,他刚刚上艇,几乎所有人都站立起来让座。马六甲微微一笑,就近坐了下来。游艇顺流而下,来到河中央的小岛,人们下艇登岛,陆续散开,寻找着自己的位子。

　　小岛不大,说起来只是一片冲积而成的泥滩,上面长满了青草林木,有人为修剪过的痕迹,所以看上去不算荒凉。马六甲慢悠悠地来到几株芭蕉树下,那里摆放着一张躺椅,一只发白的小凳,地上还有一顶装在塑料袋里的遮阳伞。他先是支好遮阳伞,然后坐在小凳上,整理钓竿和鱼食,一切完毕,他把钓钩甩到水里。马六甲的垂钓位置处在杂草丛生的深浅水交界处。我踅摸了一圈儿,觉得他这个地方最好。须臾过后,我试探地走上前去和他打招呼。

　　见到陌生人,马六甲表现出的是一种沧桑的儒雅,他问我:"没事瞎转悠什么?"

　　我一时语塞,不好作答。看得出,木讷的马六甲城府深过万泉河水十倍。

　　"是来温泉休闲中心开会的吧?"

　　"你怎么知道?"

"我观察你有几天了。穿得简简单单,举止大大方方,一看就是个文化人。"

在高手面前,我甘拜下风。于是,我一五一十地自报了家门,并通报了这次南方论坛的一些情况。

见我一脸的诚实,马六甲诡异地笑了。他说:"请坐,有话就问吧。"

我不敢坐下,觉着那样不合适。

他说:"叫你坐就坐。"

我坐了下来。马六甲递过一个刚刚削好的青椰。我一边喝着椰子汁,一边在想谈话从何说起。鱼很快咬钩了,浮漂下沉,钓线上提,一条足足有五斤重的草鱼,被钓到了岸边。只见马六甲一手持竿,一手拿抄网,麻利地将鱼取下,装进水里的鱼兜里。看到这里,我突然有了话题,不由地赞叹起马六甲的手艺。

马六甲微微一笑,说:"你看走眼了,我这点能耐刚刚学会没几个月。"

我问他:"为什么,原先做什么?"

他看我一眼说:"吃皇粮、拿俸禄。"

我说:"你一定做过许多大事。"

他说:"年轻时做过,后来除了吃饭、睡觉是自己的事,其他都是别人做的。"

我还想问他为什么,他闭口不语,只是专心钓鱼。

过了半晌,他给我讲了一件"不平常"的事。

"离职后的第一天,去商场买东西,出门乘车居然坐错了方向。这且不说,上车还不知道要买票。好在自己有一把年纪,这才免遭寒碜。蜕化变质了,活回去了。"马六甲说完这两句话,不再吱声。

我还想从他这里听到什么,他却只顾钓鱼,好像我根本不存在。

我在河滩上四处闲逛起来,向垂钓者打听着马六甲的信息。人们只是觉得他怪怪的,每天把在万泉河钓到的鱼,放到盆里养着,第二天早上拎到街上送人。别的一无所知。

我不甘心，向一位文气的老者打听起马六甲，老者说："听说，马六甲的父亲早年在南洋做生意，没少组织华侨为中国抗日捐物资，后来应征参加了马六甲海战，那时正巧马六甲刚刚降生，所以就取了这个名字。抗战胜利后，马六甲全家回到了祖国。再后来听说马六甲长大后当了一家大型国企的总裁。"

他说："我和马六甲是在温泉小镇'知鱼桥'下认识的，我说我们钓鱼非吃即卖，你为何天天快乐地送人？即使你高兴，鱼儿能高兴吗？你猜马六甲怎么说？子非鱼，你非我，个中乐趣非庄子与惠子能理解。"

老者还告诉我，马六甲在官塘一间自己买下的小房子里，生活非常简朴，可是这豪华游艇却是他捐给大家的。

我回到了马六甲身边，仔细地打量这位风烛残年的老人，内心激情澎湃。我不由重新审视眼前的这位沧桑感十足的老人。时间随着一条又一条鱼儿上钩，慢慢沉入万泉河水。天光逐渐暗淡下来，人们陆续收竿，登上游艇。看着满心高兴、收获颇丰的六甲老人，我的脸上和内心涤荡着美妙的春风。

游艇在万泉河上逆流飞驰，雪白的浪花烘托起绚烂的晚霞。我在想，在红色娘子军生长的地方，究竟是什么让马六甲有了这种美丽的念头？想啊想，理不出个头绪。

我独自乘公交车去琼海购物。四十分钟的车程里，我发现了太多的感动：一路上，乘客们争相为素不相识的老弱病残幼主动让座。

我问身边的中年人："琼海一直是这样吗？"

回答："博鳌就在家门口，咱礼仪之邦的中国人，必须的。"

原来我碰上了一个东北人。

陷 阱

金 光

程斌是一个大学生村干部。刚到顺水沟村上任那天,村里给他安排了一顿十分丰盛的晚宴。晚宴上,村干部老刘说:"你是城里人,第一次到咱这深山,乡亲们的日子还不富裕,没有啥好招待的,只有这些野味儿,不知道可口不可口。"说着,指着桌子上的菜一一介绍起来,"这是野猪肉,这是黄羊肉,这是锦鸡肉……"老刘边说边夹了一块黄羊肉放在程斌的碟子里,让他尝一尝。

程斌开始很高兴,但听着听着便皱起了眉头:桌子上的这些野味,大都是受国家保护的野生动物肉,村民们怎么没有一点法律意识? 于是又把碟子里的肉送到了盘子里,对老刘说:"刘主任,这些都是受国家保护的动物,咱们不能乱打乱猎呀,那可是犯法的。"

老刘笑着说:"啥国家保护动物,在咱这深山里不存在。告诉你吧,咱这顺水沟村山高沟深,啥动物都有。自古以来,我们都是靠打猎为生的,这些年政府禁了枪,我们就采取了别的办法,照样能吃上野味儿。"

程斌越听越觉得玄乎,顺口问道:"不用枪还有啥办法?"

老刘看了看程斌,狡黠地说:"后沟的杨法子在野物必经之路上专门挖了个陷阱,三天两头就有野物掉进去……"

程斌沉思了一会儿,说:"过几天我去看看吧。"

几天之后,程斌在老刘的带领下,来到后沟组杨法子家,果然看见杨法子家里躺着一只野山羊。杨法子把他领到一个三岔口,扒开伪装的谷秆儿,一个黑洞洞的陷阱就呈现在了程斌面前。程斌弯腰看着陷阱问道:"动物掉下去能死掉吗?"杨法子说:"死不了,只是出不来了。我在那边挖了一个通道,进去用绳子把它们捆了拉出来。现在镇上的人爱吃活的,肉新鲜……"

程斌看着听着,眼前仿佛出现了那只无助的野羊在陷阱里挣扎的画面。他顺着杨法子说的方向走过去,果然看到一个斜沟,下了斜沟,有一个栅栏门儿,打开栅栏门,可以进到深深的陷阱。程斌没有说话,慢慢地退了出来,和老刘一同回到了村部。

过了半个月,老刘到村部与程斌商量修路的事儿,末了埋怨说:"唉,不知道咋搞的,最近杨法子运气不好,一只野物也没有逮住,大家都馋死了。"

程斌说:"这样好啊,省得害糟了那些野生动物。以后给大家说说,不要再想着吃什么野味了。"

老刘无奈地摇着头。程斌给老刘倒了一杯水,示意他坐下,然后对他耳语了几句,老刘先是惊愕,继而连连点头。

又过了几天,程斌让老刘把杨法子叫到了村部,问他最近那个陷阱有没有逮住野生动物。杨法子叹了口气说:"不知道咋的了,自打你那天到那儿查看了以后,再也没有逮住过东西,我就觉得奇怪了,你莫不是有什么法力?"

程斌说:"法力,我当然有法力了,国家的法律就是最有力的法力。你们在后山里根本不学法不懂法,你设陷阱套住的那些动物都受法律保护,打死它们要判刑坐牢的!"

杨法子低下了头,嘟囔着说:"我们也知道一点儿,可到现在也没有人来这儿找我们的茬。"

程斌说:"找到你们就晚了,现在你回去就给我把陷阱填了,不然的话,

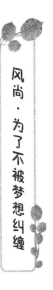

我通知森林警察,明儿个就拘留你!"

杨法子一听,吓了一跳,忙说:"你别叫警察了,我以后不干了,把它填了就是了。"

程斌笑了,会意地看着老刘。

当天晚上,程斌又召集村民开了个大会,讲解森林法律法规,告诉大家不但不能乱打猎,也不能乱砍树。他说,他通过了解察看,想了一个脱贫致富的办法,就是利用顺水沟山坡上到处都是红豆杉的优势,培育红豆杉树苗,对外销售,肯定能使全村人增加收入。

打那以后,顺水沟人再也没有人设陷阱套野物,也没有人再有吃野味儿的念想了,而是一心一意在责任田里育红豆杉苗儿,然后由程斌在网上联系统一出售。三年之后,程斌届满返回城里,乡亲们到村头送别,杨法子也来了。程斌开玩笑说:"杨大叔,我让你把陷阱填了,别怨我断了你的财路啊。"杨法子连忙说:"哪里的话,自打我不套猎后,栽培的四亩树苗比套猎收入多好几倍哩,你也看到了,我的两层楼都盖起来了。"

这时候,老刘拍着杨法子的肩膀说:"你不知道吧,程书记的父亲就是市林业公安局政委,他一来就看到了咱们违法套猎的事儿。"杨法子不解地问:

"说来也怪,自打他来村里,我的陷阱就套不住野物了,到底是咋回事儿?"

老刘又是狡黠地一笑,对杨法子说:"那是人家程书记每天早上五点起来打开你的陷阱栅栏门,把野物放走了。他告诉我,他放走的有梅花鹿,有黄羊,还有獐子,都是国家二级、三级保护动物。"

杨法子恍然大悟,拍了一下自己的脑袋,上前拉着程斌的手说:"亏你放了,不然你一个电话拨给你爸,我这牢就坐定了。"

说完,大家都会心地笑了起来。

抓阄儿

刘向阳

老爷子一个电话，便把三个孩子叫回了家。他要郑重宣布一件大事。这件事真的算大事了，因为这已经是三个孩子巴望已久，做梦都在惦记的事。什么事这么重要？老爷子收藏了若干幅书画。在当今风靡全国的收藏热中，谁家有几件、哪怕是一件称得上古玩书画的，绝对是稀罕物，如果是出自皇室官窑的物件，还不得值个几万、几十万！

老爷子今年八十四岁，按民间流传

的说法，是个坎儿。老爷子年前中风住了一次院，虽然已经治愈，毕竟身体一天不如一天了。老爷子想，也该到了把后事处理利索的时候了。老爷子虽说当了半辈子不大不小的官儿，可在位时，在那人人讲究清廉的年月，根本就没为儿女积攒点儿财富的意识，所以，退休时，两袖清风，两手空空，除掉如今已经买下来的四十八平方米公产房，再就是那卷父辈留下来的书画了。

对那卷书画,老爷子原本并没有在意,只是当作对父辈的念想,一直保留着。可是,这几年,从中央到地方的电视台争相热播的《鉴宝》《寻宝》等栏目给了老爷子很大的启发,老爷子意识到那卷书画很可能是些值钱的宝贝。于是,老爷子便格外细心地将那卷书画珍藏起来。在去年孩子们给办的寿筵上,多喝了几盅的老爷子,忍不住将家里藏有值钱的书画这件事抖了出来。

一石激起千层浪。三个孩子听说后,立马产生了早日获得书画的想法。老爷子的大女儿的儿子快三十了,好不容易有了对象,可是没有婚房成吗?买房子需要很多钱,就家里攒的那点儿钱,买个"独单"还不够呢!要是拿老爷子的书画变了现,钱不就不成问题了吗!

老爷子的二女儿也遇到了难处,从刚刚公布的高考分数看,二女儿的女儿填报的北大第一志愿已经不是悬念,可是,因肝癌去世的丈夫拉下的欠债还没还上,哪能掏得起学费呀!心里一急,就想到了老爷子的书画,要是有了书画,燃眉之急不就解决了吗!

小儿子就更急了,刚结婚的媳妇因为他有难言之隐,回娘家半年多了。她一直扬言,如果他的病再治不好,就离婚。治病得需要钱哪,况且,宣称能根治他的病的那些小医院都不能走医保,医疗费还倍儿贵,要是有了那些书画,换了钱,治好了病,媳妇不就回来了吗!

急归急,咋朝老爷子开这个口哇!况且,姐弟三个,谁也不可能吃独食呀!就在姐弟仨急得不行之际,老爷子的电话如一支兴奋剂,让姐弟仨激动得心花怒放,喜不自禁。

当着仨孩子的面,老爷子将书画分了三份,可是在分书画时,出了一个小问题,二十九张书画分三份,必然有一份是九张。怎么办呢?老爷子随手将一直摆在老柜盖上的一个瓷瓶拿了过来,说,这瓷瓶别看不咋样,可是你们奶奶用过的物件,估计也能值俩钱,就顶一张画吧。

老爷子的话让仨孩子面面相觑,最后还是二姑娘厚道,说,要不我就要

九张这份吧。老爷子不同意，说书画的张数就算相同，每张书画的价值也不一定相同，我看还是抓阄儿吧，谁便宜谁吃亏都不落埋怨。

得到姐弟仨一致赞成后，老爷子当即做了仨阄儿，放到了桌子上。大女儿抓了个二号阄儿，十张的。小儿子抓了个一号阄儿，也是十张的。剩下的三号阄儿甭抓了，自然是二女儿的了。

二女儿拿起那卷属于自己的九张书画，说："爸，我不差一张画，那个瓶我不要了。"

老爷子不同意："好歹是个物件，拿去留个念想吧。"

二女儿便拿着了。

大女儿第二天就去了古玩店，古玩店的专家挨着张地粗略看了看后，对她说，都是些民国时期民间艺人的书画，不值几个钱。大女儿原本一盆火的心立时变凉了。

小儿子也去了古玩店，结果与大姐相同，心情沮丧得比大姐还厉害。

二女儿也去了古玩店，在专家对这那些书画摇头后，她便小心翼翼地将包裹着报纸的瓷瓶递了过去。

专家在打开报纸的一刹那，便显出了惊讶的眼神。继而，凝神静气，上下里外，好一顿端详。又拿到台灯下，手举放大镜，再次细细揣摩之后，才抬起眼睛，问她："如此宝贝，在哪里得到的呀？"

二女儿答："一直在我家的老柜子上放着，听父亲说是奶奶留下的。"

专家又问："奶奶又是从哪里得到的？"

二女儿笑着答："那我可就不知道了。"

专家无比感慨地说："看起来民间确有珍品啊！"

二女儿懵懂地问："您老说什么？"

专家答："这是出自清朝雍正年间官窑的宝瓶，价值百万元不止！"

老虎山庄

立 夏

　　大冯是我的朋友。作为一个男人，他的长相过于圆润，性格又十分懦弱。但他喜欢的东西倒很 man，他喜欢狮子、虎、豹、鳄鱼这些食肉动物，他从小到大梦寐以求的就是养一只藏獒。

　　先前是养不起，后来赚了钱，有条件养了，老婆却坚决不让，大冯怎么求她都没用。大冯娶了个性格剽悍的老婆，在家里十分霸道，在大冯面前向来是说一不二，大冯见了她说话的声音都会低八度，我们背后都偷偷叫她母老虎。然而，她却极其怕狗，哪怕是看到吉娃娃这样可爱的小狗，她都会大声尖叫，然后跑得远远的。

　　大冯得了相思病。他听说一百多公里以外的农庄有人养了只藏獒，就经常买了上好的牛肉开车去看它，还请求人家让他跟藏獒多待一会儿。我们一帮朋友实在看不下去，给大冯出了个主意。在我们多次怂恿与鼓励之下，终于有一天，大冯鼓足勇气回家给老婆出了个选择题，二选一，要么让他养藏獒，要么他就换个能让他养藏獒的老婆。

　　老婆一听果然炸了，大发雷霆，但大冯这次硬是撑住没松口。几个回合下来，老婆倒是心虚了，照照镜子显然已人老珠黄。自从大冯发迹以后她就没心思上班了，天天不是麻将就是美容，独立生存能力几乎丧失殆尽。几次

123

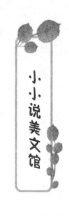

拉锯战之后,老婆只能无奈地让步,前提是藏獒只能放在老虎山庄,而且她从此不再踏进山庄一步。

威武的藏獒很快成了大冯的新宠,取名老虎,老虎山庄也因此显得名副其实。

所谓老虎山庄,是附近郊区的一处闲置农民房,前几年大冯把它买下来,重新装修了一下,我们经常去那儿通宵达旦地打牌。老虎搬进去后,山庄就热闹起来。大冯还雇了小武,专门看护老虎。小武体校毕业,是个动物爱好者,十分热爱这份工作。

自从有了老虎,大冯一有空就往山庄跑,傍晚带着老虎出去遛弯儿,别提有多得意。没几个月,老虎就长大了,站起来足有一人高。有一次大冯牵着老虎在池塘边散步,它一来劲,一撒欢,就把大冯甩池塘里了。等到大冯手脚并用狼狈地从池塘里爬出来时,发现不远处立了几个女孩子,正看他的热闹,尤其是一个穿红衣服的女孩子,笑得直不起腰。

就这样,大冯认识了阿娇。

阿娇是外地人,在超市做收银员,和同事租住在附近的农家。很奇怪,她不怕藏獒。她的同伴看见老虎都跑得远远的,她竟然敢过来摸着老虎的头,说好可爱的狗狗。后来我们去农庄,经常看到阿娇在那儿,俨然一副女主人的模样。

我们说大冯:"你胆子越来越大了嘛,不怕你家母老虎知道把你撕了?"

"她不会知道的。"

"阿娇也不闹?也不要你离婚?"

"从来没有啊。"

我们啧啧赞叹,这大冯,倒是有点儿后福。

大冯就这样过着他的幸福日子,在老虎、阿娇和老婆之间周旋。老虎的体格越来越庞大了,我们去的时候它会在笼子里立起来欢迎我们,整整高出我们半头。我们都有些提心吊胆,不敢太靠近它。另外,我们还担心大冯家的母老虎哪天突然发了威。然而却没有。

我们没想到，最先发威的不是老虎，也不是大冯老婆，是大冯。

后来大冯向我们描述了那次对话，他和阿娇之间的对话。据说当时大冯很气愤，而阿娇则很平静。阿娇说："你不也没打算和老婆离婚吗？你也没打算主动离开我吧？其实我和你一样。我既喜欢你的富有体贴，也喜欢他的年轻帅气。这难道有错吗？"

大冯一时语塞。

后来，阿娇低头叹了一口气，说："可惜我们不是老虎。它只要能吃饱，能保护自己不受攻击，就能安心过一辈子。我们人类想要的东西太多了。"

阿娇和小武离开后，老虎山庄显得很冷清。

大冯又雇了个人看护老虎，但老虎变得无精打采。

后来，连大冯也很少去老虎山庄了。

茶　嫂

林俊豪

在闽南海滨新圩镇，出海打鱼归来的渔民们平常有三个嗜好，一好抽烟，二好喝酒，三好品茗。所谓品茗，品的是铁观音、乌龙茶。一套专用茶具，泡出的茶水呈琥珀色，像当地盛产的酱油一般香浓呢！

茶嫂年过三十，柳眉凤眼鸭蛋脸，细高挑身材。她开的那爿茶叶店，就在镇东头的大榕树下。茶叶店经营"绿叶红镶边"的铁观音和清香四溢的乌龙茶。每当清晨黄昏，渔民们颤颤悠悠地挑着满筐鱼虾螺蟹之类的海鲜，路过茶嫂开的茶叶店门口，总要亮着粗犷的嗓音，喊道："喂，茶嫂，今天卖啥好茶？"

茶嫂扑闪着柳叶眉下的丹凤眼，鸭蛋脸上露出两个深酒窝，哼歌一般地应道："喂，前村渔叔，新到的铁观音，好纯，好香，包你满意！"

镇后村的渔哥，背着尼龙撒网路过，总要叮咛："喂，茶嫂，给我留两斤上等的冻顶乌龙茶！"

"嗯，好咧！"茶嫂挪动杨柳细腰，很动听地回话。

茶嫂曾是能歌善舞的学生妹。高中毕业那年，她父亲犯重症住院，不仅没挽留住生命，还耽误了她考大学。她与镇上的渔民阿照结婚后，丈夫出海捕鱼，她守家编织修补渔网。海产品资源逐渐枯竭，阿照承包了几十亩海滩,摆弄起海产品养殖,赚得腰包圆实。茶嫂心灵手巧,就在镇东头大榕树下经营茶叶店,顾客熙来攘往,生意挺红火。

　　海滨新圩镇面对大小金门岛屿,过去是海防前沿哨所,如今可是改革开放的"窗口"。镇文明劲风席卷,社区文化建设如火如荼、蒸蒸日上。那天,镇文化馆老魏找到茶嫂,动员道:"茶嫂,听说你当学生时能歌善舞,如今新圩镇筹建嫂子合唱团,你是顶呱呱的人选!"

　　茶嫂鸭蛋脸上荡漾着红晕,笑弯细高腰身,说:"老魏呀,咱儿子都快上小学了,还去搞那玩意儿,不让人笑掉大牙!"

　　老魏挥了挥手,一本正经道:"喂,茶嫂,咱今天找上门,不论茶谈生意,邀你参加合唱团,可是镇领导拍板敲定、慎重考虑的呀!"

　　茶嫂听着,丹凤眼瞪得溜圆,喃喃自语:"真是县太爷大白天抓差,绕不过哪!"

茶嫂迈进镇排练厅,定睛一瞧,哦,那厅里六七十名妇女,有开理发店的,有烤面包的,有炸油条的……年龄装束模样儿,与自己差不离儿。老魏当着众大嫂的面,絮絮不休道:"若将嫂子合唱团办好,准为新圩镇增添光彩呀!"

茶嫂每天按时抵达镇排练厅,与大嫂们咿咿呀呀地吊嗓子练音。老魏从市文化宫请来音乐老师,迎合她们的嗓音高低、唱速快慢,不断调整乐谱,还专为她们创作闽南语原生态歌曲,设计富有地方特色的"车鼓舞""白菜担"等舞台表演动作。茶嫂在排练厅唱着,在茶叶店哼着,还当着老公阿照的面,像春天的鸟儿,咿咿呀呀地啼唱个不停。

阿照瞧茶嫂每天唱呀、跳呀、乐呀,神采飞扬,仿佛年轻了十岁。他心中暗喜,却佯装生气地责怪:"喂,都当老妈了,还整天疯疯癫癫,你有病呀!"

茶嫂挪动高挑身材,替阿照倒了一杯香气四溢的浓茶,回敬:"喂,文明风儿刮咱镇,愈活愈年轻啦!"

阿照瞧茶嫂容光焕发,真想扑上前亲她脸上的深酒窝,心里却嘀咕:莫非女人家有外遇,咱可是在头上养只大海龟呀!便悄悄跟踪盯梢到镇排练厅,除了望见年近六旬的老魏,清一色是大姑大嫂,茶嫂身段儿仍像鸭蛋脸那般洁白柔美呀!

阿照心中又拧起一团疙瘩。他大大咧咧地窜进排练厅,冲着老魏道:"喂,老魏同志,茶嫂进合唱团咱没啥意见,就怕影响茶店里的生意呢!"

没等老魏开口,合唱团的嫂子们一窝蜂似的迎了上来,七嘴八舌地冲阿照嚷着:"喂,建设文明乡镇,不能光当守财奴!"

"哎呀,咱都是理发、烤面包、炸油条的嫂子,谁家生意亏老本哪?"

…………

阿照自讨没趣,涨红着脸,乖乖地向嫂子们赔礼道歉,溜出排练厅。

那夜,新圩镇嫂子合唱团亮相演出,阿照悄悄伫立在戏台旮旯处。忽然,音乐响起,一会儿像急风暴雨激荡,一会儿似和风细雨轻扬,茶嫂头梳插花妈祖髻,身穿缀花边红短衫,配着海蓝裙,挺显眼地伫立在合唱团中间,亮着嗓子,边唱边左扭右摆,那绰约多姿的身段,像春风拂动杨柳一般,令人心旷神怡。阿照望着新娘似的茶嫂,怦然心动,眼眶里不禁流出两条热辣辣的小鱼儿。

茶嫂参加新圩镇嫂子合唱团,她们的歌声像极富生命力的春风,从镇里吹到市里、省里、全国,还被推荐参加了市里举办的世界合唱团比赛,获民谣组银奖。喜讯传来,阿照连夜给茶嫂打电话:"老婆呀,咱儿子看着电视,直嚷你快变成明星啦!"

闽南海滨新圩镇东头大榕树下,茶嫂经营的茶叶店生意愈来愈红火,不仅出售铁观音、乌龙茶,还扩大经营茉莉花茶、普洱茶、武夷红茶、台湾高山云雾茶等。大家都乐滋滋地说:"瞧,那是咱镇里明星开的茶叶店哪!"

离就离

张 珂

从未想过,他们会以这样的方式结束。

原本只是开玩笑。他笑她太懒,脏衣服堆成了高山,屋里乱成了垃圾场。她笑他太脏,脏袜子常常东披西藏,吸过的烟头随手乱扔,让她在后面收拾不及。

通常,只是说说而已,两人都不会放在心上。可能那天她有点儿小情绪,心情不太好。可能那天他喝了点儿酒,话说得有点儿狠。总之,这样一些玩笑话,他们越说越深入。

他痛诉忍受了她十年,坦言自己再也过不下去了。

她厌恶地说,过不下去的是她,不愿过就离!

他双眼瞪了起来,狠狠吐出三个字:离就离!

她倔强地说,离!

本来,他们是打算做丁克夫妻的,现在没了孩子的牵绊,他们少了许多烦琐的手续,很快便离了婚。

十年夫妻,只在那一刻,他们之间,再无牵连。

他很快再婚,大概是为了赌气。她也是。

外人都叹息,多美满的一对,说散就散了,说结又结了,看来,真的没有什么天荒地老。

他新娶的她比他小近十岁,年轻漂亮,天天花枝招展地出门,玩到半夜方归。家里家外的一切事都落到了他的身上。他迁就着她,工作劳累一天后,还得辛苦做家务,还低眉顺眼地看她的脸色。

都说他的改变真大,真是一物降一物,当初他的结发妻多心疼他,家里什么活儿都不让他干,常常将他收拾得衣服光鲜才肯放他出门。偏偏他和她硬是相克,放着好生活不过,只娶了一个花瓶回来,却为她心甘情愿付出一切。

没有人知道他心里有多后悔。他常常想起前妻的好,想起她怎样为家操尽了心。那些天里,她有点儿不舒服,让他将几天的脏衣服洗一洗,他却不肯。有时候,想起过去的种种,他就借酒浇愁。

他不是因为喜欢现在的妻,才去宠她。只是,离也离了,结也结了,日子总要过下去。他不想再冒险结束婚姻了。

她嫁的是一个有钱的老板。事事依赖她,事事听她的话。他把她养成了阔太太,家务是不用做的了,有佣工来做;也不用上班了,他的钱多得够她花几辈子。

都说她掉进了蜜罐里,以前嫁的男人穷,还要小心翼翼地伺候他。现在多好,她享尽荣华富贵,呼风唤雨,想要什么就有什么。

她却常常一个人的时候,怔怔地发呆,掉下泪来。偶尔,她会想起前夫,他们虽然有时候会起争执,可是争执过后依然是甜蜜。日子虽然穷,两人却相亲相爱。

都只看到她外表的好,没人看到她的内心里有着怎样的寂寞与孤独。现任常常满世界地跑,有时候一两个月都不回来,留她一个人守在冷清的家里。

有时候,她觉得这就是命。有时候再想想,现在的日子也没有什么不好。再怎么样,日子依然要过。

风尚·为了不被梦想纠缠

有一天,他们在街上相遇了。这是他们各自再婚后,第一次相遇。

他很想告诉她,他很想她。她很想扑在他的怀里,想要回到他身边。

然而,他们只是笑笑。他问她:"你好吗?"她点点头。她说:"你呢?"他也点点头。

道别之后,他转过头来,看着她头也不回地走开,他的心一阵刺痛。她缓缓地走着,不敢回头,只任眼泪无声地流,她多想听到他挽留的声音,然而没有。她的心裂成了碎片。

而日子,却不管人世间的爱恨悲欢,还是不紧不慢地走下去。

老张的情人节

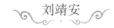
刘靖安

情人节这天下午,同事们说话像嚼口香糖,吧唧吧唧的,咂摸出好些甜蜜的味道来,把办公室的人刺激得心痒痒的。老张已近不惑之年了,他只是听只是笑,啥也不说。

于是,其他人就开玩笑说:"老张,你也去找一个啊,浪漫一回,把损失夺回来。"

老张的脸上一热,沉思半天,才开口:"都是胡子拉碴的人了,下辈子喽!"

"呵呵,假正经吧?"同事们就起哄。

老张也不分辩,自顾自地埋头看起报来。等老张一份报纸看完,同事们早就阴一个阳一个,溜光了。

老张回家,走滨河路。这段路与河岸相依,堤岸上有草坪,草坪里有绿树。绿树丛中,是一些水泥凳。老张穿行在人群中,入眼的尽是成双成对的俊男靓女。他们挽着手,或散步或坐着,无一例外地说着些情话,把空气弄得又甜又香。老张想起了面包房和糖果店的气息。老张的心,莫名地跳得快起来。

回家,老张吃过晚饭,打开了电脑。

　　玩电脑,老张是行家。当然,这是一年前的事了。现在,用老张自己的话说,戒了!老张不戒不行,只要他一上网,一聊天,老婆就火烧屁股一样跑到旁边,眼睛睁得大大的,像要吞了电脑一样,那样子比看管犯人还严,老张能犯什么事儿呢?

　　记得去年也是情人节这天,老张正和一个叫"歪嘴妹妹"的缠绵,突然脸上挨了一耳光。老张摸着火辣辣的脸,转过身子一看,他老婆正愤怒地盯着他哩。

　　"网上嘛,玩的,别当真!"老张讪讪地解释。可是,他老婆从头到尾看得清清楚楚,哪相信他的鬼话,大闹了一通不说,还逼着老张删去了QQ好友里的一大串MM名字。

　　这以后,老张在老婆的监视下上了几回网,一本正经地聊些不着边际的话,一点儿兴趣也没有,只好戒了。从此,老婆就霸占了电脑,玩起了"拱猪""斗地主"游戏。

老张的破戒,说不清是什么原因。反正,他就是克制不了,趁老婆洗碗、拖地的机会就神不知鬼不觉摸进了房,打开了电脑。

QQ里没人,老张就进了"情人聊天室"。闪动的荧屏、温馨的情话,把老张的激情一下子就调动了起来。

"大家情人节快乐!"老张说。

没有人理他,别人都忙着哩。

"怎么? 连你也不理我啊!"老张胡乱点了一个叫"寂寞寂寞就好"的名字,继续说,显出一副可怜兮兮的样子。

"你是谁呀?"寂寞寂寞就好回话了。

老张略一迟疑,说:"我是猪!"

"哈,猪也不错啊,饭来张口,衣来伸手!"老张仿佛听到了寂寞寂寞就好欢快的笑声。

能给一个寂寞的女人带来笑声,老张很开心,于是,他接着说:"我不穿衣!"

"哦,忘了,你浑身是毛嘛! 喂,我说猪啊,今天怎么不去会情人呀? 一只脱光了毛的猪跑出去,一定会迷死一大片的。"寂寞寂寞就好说话也开始放开了。

老张嘿嘿地边笑边说:"我没情人哪!"

这样你一言我一语,老张渐入佳境。开初,他过一会儿就看看门口,听听老婆的动静。后来,老张就陶醉其中放松警惕了。

最后的结果,再明显不过,就不用赘述了。

老张跨出门,门就砰的一声关上了。身后,是他大哭大闹的老婆。

走在大街上,老张孤零零的。孤零零的老张就想,要是有个情人,该多好啊!

于是,自然而然地,老张想到了一个叫小凤的女人。

严格说来,小凤不是他的情人。十年前,老张出差到成都。刚好,小凤也到成都。就这样,他们在火车上相遇了。当他们知道来自同一个城市后,更亲切了。十几个小时的路程走完,他们已经成了无所不谈的朋友。办完公事,老张又陪小凤走了几个景点,尝遍了成都的名小吃。回来的路上,老张大着胆子牵了小凤的手。小凤也没反对,任由老张牵着。可是,回来后,老张就明显胆怯了,没再主动联系过小凤。小凤倒是给他打过几次电话,但老张却刹了车。

想起小凤,老张的不快一扫而光。他甚至觉得,在这个特别的日子里,整个世界的空气都充满了爱的气息。

老张看到了一个电话亭,他停下了脚步。老张掏出电话本,就着路灯,开始一页一页翻动起来。电话本换过好几次了,但小凤的电话他一次也没落下,每换一次,小凤的电话就重新抄一次。

小凤的电话终于找到了,老张插进了电话卡。

电话通了,老张感到胸腔里像充满气的皮筏子,胀鼓鼓的。一颗心,挤压得像要蹦出来。

"哪位?"那边,小凤问。小凤的声音还是那么温柔,那么甜腻。

老张一只手摸了摸胸口,平静了一下,才说:"小凤,祝你情人节快乐!"

"你是哪位?"小凤问。

老张默不作声,小凤接着又问。小凤问过三次之后,老张轻轻挂上了电话。在挂上电话的那一瞬间,话筒里飘出了三个字。尽管像来自遥远的地方,像房屋上的炊烟一样缥缈,但老张还是听真切了。

我是"神经病"吗?幸好没用手机打。老张想。老张呆呆地看着电话,足足看了五六分钟。

老张踯躅在路灯下,他的影子拖得老长老长。

演 戏

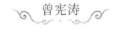

曾宪涛

　　萍萍和小卓都在机关工作,但不在一个部门,萍萍在工会,小卓在技术处。两人相恋已有一段时间了,因为保密工作做得好,机关里几乎无人知道。

　　萍萍人漂亮,头脑也灵活,从小爱好文艺,喜欢表演,还上艺校学过京

剧。不过因父亲的反对，她没当上演员，现在在工会负责文艺活动，也算圆了她的演员梦，闲来无事还喜欢唱那句"叫张生隐藏在棋盘之下，我步步行来你步步爬"。

追萍萍的人很多，可她却看中了小卓，当然她看中的是小卓的才干，却不满他太死板，不懂得跟领导搞好关系。这天晚上约会，萍萍就指出了小卓的缺点，指教他应该如何如何。

小卓挠着头皮说："那怎么好意思。"

萍萍看小卓为难的样子，叹口气说："你这个人，真没出息！不想跟你谈了。"

小卓只好向萍萍保证照她的话去做。这天小卓跟处长汇报工作，汇报完工作就想起萍萍的指教，便想跟处长再多说些话。可愣了半天，竟找不出话说，转身要走，处长却叫住了他。

处长笑眯眯地问："小卓，有女朋友没有？"

还没见处长这么笑过，小卓很慌乱，乱中出错道："没，没有。"其实，小卓也不是乱中出错，是萍萍不许他公开两人的关系，说同在一个单位，要是谈不成叫人知道了不好。

处长说："我给你介绍一个吧。"处长这句话用的不是问号是句号。

因为第一个错，小卓又犯了第二个错，答应了。没办法，处长的语气叫他没法不答应。出了办公室小卓就后悔了。晚上一见萍萍就说了这事，问萍萍咋办。

萍萍倒很爽快地说："好办，既然是领导给你介绍，那你就见见面。"

"那怎么行，我还有你呢！"

"你可以比较嘛，哪个好就跟哪个谈。"

"我哪能做这种事，明天就跟处长回绝掉。"

"不行，你答应了又不同意，那不就得罪了领导，还是先见见再说吧。"

萍萍的样子一点儿不像开玩笑。

见面时间约在周末，在处长家。萍萍对小卓说："机会有了，你好好把握。"

小卓以为萍萍在讥讽他，便说："我说不见，是你偏要我见，又说这话。"

萍萍说："我是说你去领导家不要空手。"

小卓这才明白，回答："你不说我也知道。"

其实，萍萍不说小卓还真不知道。

处长开了门见他拿那么多东西，说："你这是干啥？"回头朝房间里喊，"小卓来了，你们出来吧。"

小卓就见处长夫人搂着一位美女来到客厅，那美女竟然是萍萍。小卓张大了嘴巴。萍萍故作不认识小卓，小卓立刻理解了萍萍的意思，也装作不认识萍萍。接下来便是处长夫妇给他们俩做介绍，萍萍到底学过演戏，表情甭提多自然了，小卓却满脸窘迫，别扭极了。坐没多久，处长见小卓浑身不自在，如坐针毡，便对夫人说："叫他们出去走走吧。"

两个人来到了外面，小卓问萍萍："到底是咋回事，你事先就知道？"

萍萍只是笑，等小卓急了才说了事情的经过。处长夫人也在工会，跟萍萍关系不错，是个热心人。那天，她问萍萍有男朋友没有，萍萍当然不肯承认，处长夫人便说老头子处里有几个研究生，非要给萍萍介绍。萍萍无法阻止她的热情，只好由她介绍研究生情况，当介绍到小卓时，萍萍灵感突然来了，觉得小卓有机会了。于是就配合处长夫妇演了这出戏。

现在她直想唱："叫——张——生……"

小卓感激萍萍为他煞费苦心，只是埋怨不该事先不告诉他。

"事先知道了，你还敢演这场戏吗？"

小卓想想，的确不敢。

那以后，小卓跟处长的关系明显近了，他经常跟萍萍去处长家走动，一切都顺理成章，处长是他的红娘嘛。处长对小卓当然是另眼相看，领导对自己的人咋看都顺眼，同来的研究生中，小卓是最早被提拔的。

若干年后,处长做了局长,小卓当了处长。那天为局长祝寿,小卓喝多了,反复絮叨说局长是他的红娘。局长也喝多了,红着眼瞅小卓:"啥,啥红娘?嘿嘿,那都是演戏……这,这你心里清楚。"

小卓一惊,酒醒了,心里惴惴不安。回到家问萍萍:"局长何意?难道他事先就……"

萍萍打断他:"想那么多干吗?演戏就演戏,没听过戏如人生,人生如戏吗?还当领导呢!纤手一指小卓,'叫——张——生……'"

拾荒娘

刘　勇

　　今天都第五天了,娘还没回来,我站在村头,懒洋洋地靠在一棵香椿树旁,嘴里噙着食指。哥哥前天告诉我的,饿的时候,把食指放在嘴里噙着,顶饿。

　　我在家里排行老三,上面有两个哥哥,大哥国丰,二哥国英。但有一点你没猜到,我们来自不同的地方,而且都不是爹娘的亲生儿子。

　　我进这个家时,爹就不乐意,大声地嚷道:"怎么又捡个孩子回来啊!我们家的嘴还不够多吗?"娘抹着眼泪:"好歹是条生命啊!我能眼睁睁看着他被野狗叼走?"爹也就不再吭声了,气呼呼地狠命抽着辛辣的老烟袋。

　　家里实在揭不开锅了,两个哥哥跟爹去窑场,我和娘去拾荒。娘怕冻着我,在架子车上铺上厚厚的棉被,上面用竹竿撑着塑料布。我躺在里面,随着娘的脚步走出村庄,虽然我们很穷,但我感觉心里暖暖的。

　　大哥曾和我说过,他得了一种怪病,被家人遗弃了,流浪时碰到了娘。也不知为啥,娘一见到他就把他抱在怀里哭个不停,连说:"我们回家,回家。"她后来找老中医,用偏方治好了他的怪病。

　　初春的夕阳,一闪一闪无精打采的,快要谢幕了。我蹲在村头的石墩上,眼巴巴地望着远处。实在饿得不行了,噙手指也不顶用。本来娘要带着

我的,可谁知我发烧了,只好把我丢在家里。

　　娘又捡了一个小孩,也是有毛病的,头上长满了脓疮,流着血水。四弟国庆来了,家里更窘迫了。娘白天去拾荒,晚上帮别人洗工作服。夜里,我多次看到娘瘦弱的身子忙碌着。

　　我和两个哥哥同时考上了县一中,家里拿不出学费,愁坏了父母。第二天,两个哥哥一起来到我面前:"三弟,我们和爸妈商量好了,你成绩最好,让你去上学。我们去学手艺。"我还没回过神来,他们就转身离开了。出门的那一刻,大哥又扭过头来说:"三弟,好好学习,别辜负了大家。"我分明看到他们浑身在抽动,压抑着哭声。

　　望着村头迎风摇曳的小草,它们的生命固然短暂,仍不失自然的本色。

大哥、二哥的隐忍、牺牲,让我一下子长大。

娘仍继续拾荒,家里的开销实在太大了。我上初中的几年,她又拾来了五弟国强、六弟国胜、七弟国瑞。一回家,弟弟们都围着我团团转,他们知道我能从学校里带回好吃的馒头。

娘去拾荒的路上突然昏倒了,醒来后就疯疯癫癫地胡言乱语。傍晚,六弟脸上红肿着回来了。爹厉声问:"为何和同学打架?"六弟也不说话,爹气得拿着荆条在六弟身上抽着。六弟哭着:"谁让他们说我妈是疯子、说我是小疯子的!"我用身子护住六弟。爹气得唉了一声,扔下荆条,一甩门走了。

我对六弟说:"你做得对! 保护娘是我们做儿子的天职。"

从县城医院回来,大哥说:"三弟,娘的病诊断清楚了,间歇性癫痫,要长年吃药啊! 以后,我们几个要多帮娘干点活儿。"望着暮色中的夕阳,娘躺在架子车上是那样的单薄、憔悴、柔弱,我的泪默默地涌了出来。

娘病刚好一些,又拉着架子车去拾荒了。要开学了,家里没钱交学费。

夕阳落下的傍晚,娘的架子车上又多了两双惊恐的眼睛。爹的话更多了,你也不想想,一家子喝西北风啊! 要我们以后咋活? 娘流着泪,把俩孩子像宝贝一样搂在怀里。

我考上大学了,学费五千多,家里又紧张了起来,大哥、二哥和爹要去淮北煤矿挖煤,妈妈连夜把庄里转遍了,只借了一千。我急得发了烧,山杏来了,给我喂了药,走时留下五千元钱,据说那是她的嫁妆钱,我抱着钱、望着大山泪流不断。

大学毕业后,我用所学的医学知识结合导师的方法,很快把娘的病控制住了。在娘的建议下,我和山杏成亲了。大哥的窑场也有了效益,二哥的仿古家具厂被外商看中,我在省城一家医院上班,弟弟们学习成绩都很优秀。

娘依然去拾废品,我们都劝她不要再去了。她说:"不要忘了,你们都是我捡来的宝贝,没废品,也没我们家的今天。"

晚上,我端一盆热水,帮娘洗脚,娘执意不让。我说:"娘,你都辛苦几十

年了,就让我孝敬一下吧!"娘害羞,眼里洋溢着幸福。我抚摸着娘脚掌上厚厚的老茧,像抚摸久远的心路,长长的道路上是娘坚强地把家撑起,给了我们一个爱的殿堂。娘说:"知道我为啥不让你问你是从哪里捡来的吗?还给你起了国祥的名字?其实生活就是和磨难拼争,你强盛了,困难就软了,再苦,再难,只要心灯是亮的,没有迈不过的坎儿。"

深夜,我又听到儿时的歌谣,是娘哄我入睡时的歌儿。我伸出手去拉娘的手,却什么都没抓到,睁开眼才知道又做梦了。我擦了擦眼中的泪水,心想已经好些年没去看娘了,明天就去订票。

麦熟一晌

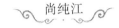

尚纯江

"蚕老一时,麦熟一晌。"这话一点儿不假。小满刚过,天空就不一样了。天空湛蓝湛蓝的,白鹅似的云朵在辽阔的天空中悠然踱步。

火辣辣的季风里,田野的绿没了踪影,满眼都是一望无际的金黄。金黄的麦子,闪着耀眼的光芒,在微风中波浪起伏。

"快快收割——快快收割——"

阳光里,布谷鸟掠过杨树林迅疾飞去。高亢的鸣叫声,尖利明亮。那叫声,像麦穗上金黄的麦芒,忽而向上,直上云霄;忽而向下,直达田地,清脆悦耳。耀眼的阳光下,人行走在麦穗上,踩弯了麦穗高昂的头,发出咔吧咔吧的声响。风吹过,麦子的清香四处飘散。

以往,小满一过,铁头就把场碾得溜光锃亮,把窗台上的一把把镰刀磨得寒光四射。割下来的麦子垛在哪儿,麦秸秆垛在哪儿,都打算好了。木锨、木杈、扫帚、盛麦子的袋子,都在庙会上置办齐了。如今,这些都不需要

了。收割机会把大把大把的麦子吞进肚子里,再把黄灿灿亮晶晶的麦粒哗哗地吐出来,倒进口袋里;而麦秸,像牛屙稀屎般地拉在身后,然后倾倒在路沟里。此时,铁头把一把生满锈的镰刀胡乱磨了磨,就蹒跚着脚步到柏油路上去了。东张西望地,像是等人,或是找什么东西。

路上,外出打工的人们纷纷乘面包车、小轿车、公交车奔回家,拥向麦地。麦地里,轰隆隆的收割机紧张地工作着。车老板被一群群人簇拥着,嘴里叼着烟卷,喷云吐雾,指缝里耳朵上也夹着烟。收割机手高高地坐在驾驶室里,对招手的人们频频点头。

铁头一边叹气,一边打着手机:"昌德,你啥时候回来啊? 咱的麦子熟了,你再不回来麦就焦在地里了。"

"爸,我不回去了。这一来一回地光路费就好几百块钱呢。你找个人帮帮忙吧? 咱给钱。"然后,挂断了电话。铁头只听到手机里"嘟嘟"的忙音。

"唉!"铁头长叹了口气,还想与昌德说句话,说他娘病了,自己跑不动了,这麦咋个收法? 可儿子却放下了电话。儿子很忙,一天到晚在厂里干活儿。听说,干活儿时打电话,要扣钱的。

昌德是铁头的儿子,和他媳妇一起在东莞的厂里打工,一年四季不回家。收麦也不回。说要在那里买房,成为正儿八经的"城里人"。多少年了,也没见他成为城里人。东莞的房价见风长,一平方米都涨到好几万了。一间厕所的价钱就可以在家里盖栋小楼了。铁头不知道儿子啥时候才能凑齐买房子的钱,只知道儿子儿媳孙子租住在一间常年见不到阳光的鸽子笼里。几天前,他给昌德打电话。昌德说,我已在你的储蓄卡里存了钱,足够收麦种地的。要是以往,他就畅快地应了。而今,他的腰椎间盘突出,疼得厉害;老伴儿脑血栓,躺在床上,一日三餐都得有人照顾。

"爸,我给你说过多少回了,地就不要种了。租出去! 不缺吃不缺喝的,种它干啥?"

铁头老是下不了决心。把地租出去? 村里人老的老少的少,谁租他的

地？撂荒吧？他又不舍得。一亩地不管咋说，一年两季也收一两千斤粮食。多少卖点钱，也可以为儿子买房子贴补一点。虽说杯水车薪，不济多少事，但总比没有好些。

铁头胡乱想着，瞅着自己的几亩小麦一天天地从金黄漂成白色，急得六神无主。他挤不到收割机老板跟前去。挤到跟前的，都是些腿脚好的人。那老板说："慌啥哩？有的是时间。"

是的，他有的是时间，他有大把大把的时间。可麦子不等人。蚕老一时，麦熟一晌。他家的小麦，前两天还是一片金黄，经过一个晌午的日头暴晒，变成了白茫茫一片。成熟的麦穗在微风里发出飒飒的声响。麦芒裂开的缝隙里，金黄圆润的麦粒跃然欲出。

铁头心急如焚。

"铁头叔，快回家拉车子装麦。"

一台联合式收割机轰隆隆地开过来，从车上跳下来一个年轻人。那人铁头认识，他叫昌新，是他的本家侄子。原来也在广东打工，如今混"抖"了，回来参加竞选，当了村主任，又开了家农业服务公司，还要搞啥土地流转，成立种植合作社。

"刚才俺昌德哥给俺打电话说要俺帮您收麦子，咱就赶快去吧！"

"好咧！"铁头瞅着昌新崭新的收割机，捶着腰乐呵呵地回家了。他要拿编织袋装小麦。蚕老一时，麦熟一晌，时间一点儿也耽搁不得呀。

青花瓷

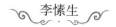

李愫生

　　苏羽来到江南，寻人，一个旧日恋人。她记得那个男孩最爱青花瓷，那个男孩说过，他对她的爱、对她说的话，全在青花瓷里。大学毕业他就回了景德镇，而早年辍学的她一直流转在灯红酒绿的都市，陪各种男人笑，跳舞，售酒，推销各种保险……苏羽眸光一闪，转身消失在古道、石阶、桥、流水、灰瓦白墙中。

　　孟乔呆呆地，在街角的茶楼，看着苏羽离去。他的手里还握着一片官窑元青花，还有未完成的青花瓷样图。孟乔是江南的制瓷大师，他不仅制青花瓷，还酷爱收藏青花瓷。听说他手里有和鬼谷子下山图罐齐名的元青花百花亭罐。但是，谁也没有见过百花亭罐。

　　连续数天，孟乔遍访苏羽不见。他只能在家里赶制一尊青花瓷。青花瓷上是百花亭图，不过那仕女却变成了苏羽的模样。淡淡轻烟，染青流年，白玉衫。孟乔在瓶身题字，百花听雨竹诉。

　　一天，一个豪商上门，自我介绍姓贾，听说孟乔手里有百花亭罐，自己平时最爱收藏古瓷，祈求一观。孟乔推说都是他人以讹传讹，他没有百花亭罐，只有仿制的各种游戏赝品。豪商眸光一转，看上了孟乔在瓶身题字的百花听雨竹诉青瓷，开出高价购买。孟乔摇头，微微一笑。

豪商仍不死心,伸出双手,上下翻动,开出双倍价钱。孟乔仍然摇头。豪商喋喋不休,愤然而去。孟乔的百花亭罐和百花听雨竹诉青瓷,愈加神秘,名声大噪,引江南巷陌各种猜测和非议。

这一晚,孟乔没有来得及关好门窗、收起青瓷。第二天,百花听雨竹诉青瓷连同那尊传说中的百花亭罐一起不翼而飞,报了警但没发现任何线索。孟乔对此淡淡一笑,闭门谢客,再不制瓷。

某天,孟乔在街边路过,感觉身后有异,似被人跟随。回头一看,是苏羽。孟乔呆呆地看着她,苏羽无声地笑了。孟乔一直在寻找苏羽,通过各种方式,一直没有找到。苏羽忍着眼泪:"你还在找我吗?"

孟乔说:"我把给你做的瓷弄丢了,我要给你重新再制一尊瓷。"苏羽的心软了下来,仿佛刚刚落了一场细雨。

苏羽住在孟乔的家里,一起读书,一起唱歌,一起制瓷。瓶底花香,古韵暗藏,蓦然回首,脉脉温情,似乎回到了从前。苏羽轻轻哼着:天青色等烟雨,而我在等你,月色被打捞起,晕开了结局,如传世的青花瓷自顾自美丽,你眼带笑意……

孟乔轻轻环抱住苏羽,拉着苏羽的小手,来到一个小屋,打开一个箱子。赫然是传闻里早已丢失的百花亭罐和百花听雨竹诉青瓷。苏羽惊讶,不是被盗了吗?孟乔得意一笑,那是自己做的高仿,真品怎舍得放出。

苏羽会心一笑,接过了保管青花瓷箱子的钥匙。过了几天,苏羽离开了,说是回市里有事。苏羽把百花亭罐交给了那位豪商,得到了一笔巨款。那位豪商装好百花亭罐,连夜送给了某位高官。原来,那位豪商,也并非真正爱青花瓷之人,喜欢百花亭罐的另有其人。

孟乔坐在家中,一直等待苏羽再回到江南。几分忧郁,几分落寞,几分纯粹,几分期盼;几分心碎,几分怀念,几分茫然,几分怅然。当孟乔听到百花亭罐已被送人的时候,孟乔一下子老了,叹息着,可惜了那尊百花听雨竹诉青瓷……

缘何不见?嫣然笑意,化作空气。你驻于我心间,容我体味,你若安好,于世何求?偶尔,孟乔还会去街头踏烟雨,还会去茶楼饮一杯茶,还会感怀一下繁华都市里的人心。而在此刻,苏羽抱着百花听雨竹诉青瓷,坐在回江南的车上……当年,苏羽因为家境贫穷,为给父亲看病,欠着豪商一段情,现在她终于还清了。她还是当年的她。

青底白花一阕词,耀白了心底,染青了流年。